六安市叶集区未名文化研究会　出品

皖西民间故事集

张成民　胡应之　陈永睿◎著

团结出版社

图书在版编目（CIP）数据

皖西民间故事集 / 张成民，胡应之，陈永睿著. --北京：团结出版社，2023.6
ISBN 978-7-5234-0111-8

Ⅰ.①皖… Ⅱ.①张…②胡…③陈… Ⅲ.①民间故事－作品集－安徽 Ⅳ.①I277.3

中国国家版本馆CIP数据核字(2023)第067581号

出　版：团结出版社
（北京市东城区东皇城根南街84号　邮编：100006）
电　话：(010) 65228880　65244790
网　址：http://www.tjpress.com
E-mail：65244790@163.com
经　销：全国新华书店
印　刷：四川科德彩色数码科技有限公司
装　订：四川科德彩色数码科技有限公司

开　本：880mm×1230mm　1/32
印　张：8
字　数：187千字
版　次：2023年6月　第1版
印　次：2023年6月　第1次印刷
书　号：978-7-5234-0111-8
定　价：68.00元

（版权所属，盗版必究）

民间故事是与
我们日渐疏远的存在
——《皖西民间故事集》序

像我这样出生于1960年代初皖西乡下的一代人，与前辈们一样，小时候是没有机会读到作家创作的童话的；但自小就受到口头民间故事的熏陶，可以说民间故事是我在文学方面的第一位启蒙老师。"五四"以降，有的学者也把民间故事称作民间童话。

70年代初，集体移庄。我们家从一个只有六家住户的小庄子，搬迁到史河沿的一个大庄子。庄子里的成年人几乎个个都会讲故事，田间地头，夏夜的院子里，冬夜的火盆旁，随时可以开讲。庄子里讲故事的能人有三个：一个是吴家奶奶，我们家的姊妹叫她小奶；一个是与我们家同姓不同宗的伯父，他在自家堂兄弟中排行老三，青壮年时期走南闯北，我们叫他三老子；还有一个是30多岁的张家叔叔，他是光棍汉，因为脸上多疤痕，没有娶到老婆，与老母生活在一起。他在堂兄弟中排行老四，我们叫他四叔。其中讲得最好的当属四叔，他与其他二人一样基本上大字不识，但故事讲得生动流畅。他平常沉默寡言，讲起故事来却神采飞扬，有时仿佛换了一个人似的。我后来想，像张家四叔这样天生具有文学禀赋的人，如果有合

适的环境和机会，是很有可能成为小说家的。如果说平时听故事是小菜，那么听艺人说书可谓大餐。吾乡最有名的大鼓书艺人叫管瞎子，我曾于夜晚偷偷地遛出家门，去听过一次他说书。管瞎子的大鼓书留在了几代人的记忆里。听的神仙故事多了，有一段时间，我产生了不死的观念。在所有的神仙中，我最佩服自由自在的孙猴子。美中不足的是他只能七十二变，比杨戬少了一变。这使我很纠结，我的理想是做一个至少比孙猴子多一变的神仙。

大约上初中的时候，我喜欢上了小画书，受到一种现代书面故事的熏陶，基本上告别了口头民间故事。那时候，花一两分钱，就可以在镇子新华书店附近或十字街头的小书摊子上看一本。我自己也用零花钱买小画书，到初三结束时，一个木头小匣子里就装了四五十本。同时，我也偶而从别人那里借到几本当代长篇小说，如《苦菜花》《迎春花》《林海雪原》等。我还买过杨佩瑾的《剑》、马蜂的《吕梁英雄传》。在"评水浒、批宋江"的时候，还有机会读到了《水浒传》。

上高中后，我喜欢上了文学，以后又选择了文学专业。回想起来，这与过去民间故事和当代故事的启蒙分不开。这些故事激发了我的文学想象，给我展示了一个与现实不同的世界。

民间故事过去之所以能够盛行不衰，是有人类学的深层原因的。底层大众能够忍受身体的劳苦和物质的困乏，但在精神上渴望得到满足、慰藉和自由。民间口头文学有着大量浪漫、优美的爱情故事，人们通过想象，满足了对情感和婚姻的向往。乡贤台静农先生曾于1924—1925年在皖西叶集一带搜集过山歌，后梓行《淮南民歌集》。他在《山歌原始之传说》一文中记录了两则关于山歌起源的传说。其一云：从前有两位大家的小姐，一日在她们的绣楼上看见那些农夫们都在烈日炎炎底下做田活，一个个满是疲乏与劳顿。于是，这两位慈悲的小姐起了恻隐之心，但是她俩也没有别的法子可以救济这些可怜而劳力的农夫们，只能作些山歌来安慰他们。显然，民间故事具有这样的情感慰藉功能，只是山歌主要通过抒情来实现，民间故事则是通过叙事来完成。

民间故事不仅有情感慰藉功能，还具有教育和认识的价值。正如德国哲学家瓦尔特·本雅明在随笔《讲故事的人》中所言："一个故事必须或明或暗地蕴涵某些实用的东西。这些实用的东西，有时可以是一个道德教训，有时可以是一些实实在在的生活知识，再一种则以谚语或格言呈现出来。无论哪种情形，讲故事的人，都是一个对读者有所指教的老师。"这些价值并非来自直接的说教，而是寓于生动的故事叙述中。动物故事《狼心狗肺》叙述了黄猫（黄鼬）报恩，带有很强的现实色彩，旨在劝善惩恶。《财主转世》强调因果报应，是劝孝的。两个孙子以不同的态度对待转世的爷爷，遂得到了不同的结果。

《皖西民间故事集》整理者邀我作序，正是由于上述机缘。我虽然对口头民俗学没有专门的研究，但还是不揣浅陋，应允了下来。

本书所收故事 40 篇，按照口述散文体民间故事的分类，大致有三种主要类型：幻想故事、生活故事和动物故事。前二者篇目最多，这也反映出民间故事类型篇目的总体状况。在世界各地，幻想故事影响最大，代代相传的经典名篇也最多。幻想故事里有着超现实的神奇因素，如神仙、精怪、鬼狐、魔法、宝物等。

本书的精彩之作也多见于幻想故事。代表性的篇目有：《白龙井和乌龙庙的传说》《祖师庙与墩子庙的传说》《孙九年

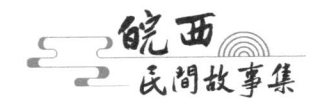

传奇》《魔法女的爱情》《还是做善事好》等。

开头两篇《白龙井和乌龙庙的传说》《祖师庙与墩子庙的传说》，以幻想故事解说了皖西叶集区三元镇的乌龙庙、白龙井、祖师庙和墩子庙的由来，带有鲜明的地方文化色彩。在前者中，白龙和乌龙争夺修行的荷花池，白龙向汪大善人求助，打败了对手，从此保佑当地风调雨顺，五谷丰登。《祖师庙与墩子庙的传说》讲述了乌龟精带领龟子龟孙逃亡的故事。两个故事中的地名都是实有的，本书故事的讲述者就居住在这几个地方的附近。两个文本都反映出当地地理环境和生活史的特点。六安市叶集区的黄土丘陵地带属于稻作农业区，风调雨顺事关重大。在民众的想象中，龙是掌管雨水的，所以受到崇拜，并广泛渗透于信仰和文化习俗中。与上述四篇不同，书中有一篇《阿勇阿芳斗渔霸》，表现了渔民反抗渔霸压迫的主题。"阿勇""阿芳"都不是皖西人的命名方式，其中表示"水坑"之意的"凼"字等也不见于本地日常用语。从这个故事的情节和话语所依托的生活史来看，它源自沿海地区的生活经验，可见是从外地流入的。

《孙九年传奇》有如一篇出自《聊斋志异》的白话版的传奇小说，委婉动人地叙述了一个神奇浪漫的爱情故事。主人公孙九年的父母逃荒到一处被土匪杀光了人的荒凉的凶宅，住了下来。孙九年14岁时，父母双亡。后来，他遇到一个道士，被收为弟子，跟着学做法事。九年到一个姓刘的员外家做法事，遇见得了"花阴病"的美貌小姐刘凌，他断定小姐有阴人缠身。夜间，九年见有白影穿窗而入，与小姐幽会，后追踪发现是马棚里的一匹白马在作怪。九年治好了小姐的病，要处死白马。此时，白马开口说话了。原来白马与刘凌前世为恩爱夫妻，丈夫转世变成一匹白马来伺候她，夜里则变成一个白面书生进入刘凌的梦里幽会。白马保证不再与刘凌有私情,并推荐与自己一模一样的同胞兄弟——也是一匹白马——伺候九年。九年得以成为一名优秀的骑手。作为给刘小姐看病的报酬,九年得到刘员外家的一块风水宝地,并把父母迁葬了过来。两年后,坟地得势。他在白马的帮助下,无意中救了微服私访的皇帝,又剿灭了土匪。刘小姐用赛马的方式择婿,九年得胜。到了赛马招婿的高潮,故事这样描述男女主人公骑着白马的情景:"小姐回首望去,后面的白马与自己的白马一模一样,再看看骑手,她更是心潮澎湃,兴奋无比,赛马更有劲了。只见那两匹白马,并驾齐驱,如同比翼双飞的鸟,又如两朵空中飞舞的白云。此时此刻,赛场外,人山人海,欢声雷动。"最后,九年被皇帝认作义子。故事的观念体现了儒、道、佛的合一。它比一般的民间故事复杂,情节丰富,环环相扣,跌宕起伏,时间和空间诡异,前世与今生纠缠,充满悬念,很吸引人。

旧时有父母因为嫌贫爱富,往往会采取各种手段来干涉子女的婚姻。《魔法女的爱情》中的父亲身为魔法大师,为了阻碍家境贫寒的徒弟接近女儿,施行种种法术逼迫与女儿相爱的徒弟走人,招招紧逼,步步惊心。而精通法术的女儿帮助心上人逐一破解了凶险的法术。最后,二人远走高飞。《以死抗婚》中的小芳为了争取婚姻自由,以死反抗,最后绝处逢生,与心上人成为眷属。

《还是做善事好》中,女水鬼为了转世而急于寻找替身,但多次被渔夫识破而失利。在渔夫的帮助下,女水鬼放弃了找替身的念头,终得善果。女水鬼的恩人——渔夫也因为积善而延年益寿。《还是做善事好》属于一个广泛流行的水鬼与渔夫型的故事,是一篇异文。

从以上五篇作品,我们可以看到成功创作幻想故事的两个

重要因素。

其一，充分发挥神奇因素的叙事功能，不断推动情节的发展。幻想故事总会出现神奇因素来推动故事情节的发展，这是吸引听众的关键之处。像《青龙变青蛙》的青龙变青蛙，《宝葫芦》中龙王送恩人的宝葫芦，《孙九年传奇》中会说话的白马，《还是做善事好》中找替身的水鬼，等等。神奇因素构成了"故事核"，整篇故事都是围绕这个核心建构的。如《孙九年传奇》中的白马，白马牵涉它和刘凌的前世今生，白马变作白面书生进入刘凌的梦里幽会，引来孙九年进入刘家，主要情节开始推动；白马推荐与自己一模一样的同胞兄弟服务于九年，使其成为优秀的骑手；白马帮助九年救了微服私访的皇帝，使他成为皇帝的义子；白马帮助九年在赛马招婿中脱颖而出，抱得美人归。这样一浪推一浪，把故事推向了高潮。

其二，把幻想情节与生活实践巧妙地结合起来，使得故事合乎人情事理，真实生动而又富有趣味。孙九年跟踪从小姐闺房中出来的"白影"，"来到马棚，见棚里栓着一匹白马，再摸摸马身上，湿漉漉的，好像出了一身汗"，一下子坐实了白马作怪。这神奇事物是有人间温度的，符合现实生活逻辑，很容易使受众产生共鸣。又如《还是做善事好》中水鬼找替身的几次伎俩。女水鬼淹死五年了，一直没找到替身。她新设了三个圈套：其一，渡口船上一个姑娘头上的帽子被吹到河里，姑娘慌忙扒住船沿用手去够，被渔夫大声制止；其二，船上卖菜妇女的秤砣掉进了河里，却又漂了上来。妇女慌忙用手去够，渔夫说秤砣怎会漂浮在水面上，事出反常，使她躲过一劫；其三，一个年轻妇女在河边洗衣，木盆不知怎的漂到水里，妇女不顾一切去捞，水已淹到胳肢窝了，渔夫正要下水救人，却发现那妇女已捞到木盆。原来，这次水鬼看到岸上洗衣女的孩子，发了善心，主动放弃了这次找替身的机会。女水鬼的三次圈套和三名女子的脱险虽然简单，却贴近实际生活经验。第三次脱险虽然是因为女鬼的良心发现，但符合人们的道德实践经验，鬼中有人。

生活故事是写实的，包括一些小喜剧和笑话，直接地反映了民众的生活观念。很多作品通过讲述故事，演绎家庭和社会伦理。尊老敬老是中国传统道德的核心要素，这自然是民间故事表现的重要主题。如《葫芦瓢传家宝》《木头娘》，表现了孝道。前者中的新媳妇小芳提醒婆婆要在丈夫的奶奶的面前尽孝。后者中，李春孝对他娘不孝。他在娘死后开始忏悔，精选一块木料做个木头娘，上面刻着"李春孝之母"，天天背着木头娘，后因孝得福。书中有几篇表现兄弟姐妹关系的，都反映了特定的现实。

讽刺性的小喜剧和笑话是生活故事中常见的类型。《听话的傻子》是一篇关于傻女婿的故事，衬托出女性在家庭中的地位。在《以文招亲》中，一个教书先生的书童，靠现学现卖的口头禅和生编硬造参加一个老员外家的以文招亲，蒙混过关。

小喜剧《图个吉利》由一系列类似的笑话组成，有着串珠式的结构。往日过年都喜欢听到吉利话，讨口彩，希望来年吉祥如意。遗风至今尚存，只是不像过去有那么多的禁忌。这个习俗有着古老的传统，反映出原始的巫术信仰。今天人们认为语言只是一种符号，而过去的人相信语言和实体之间存在神秘的关联。向往的东西说得多了就有可能成为现实。本篇故事中的吉利话来自皖西民间，带着浓厚的乡土味。往日，如果出现不吉利的话和事，需要及时用吉利的话语祛除。比如，不小心打破了一只碗，马上就说"岁岁（碎碎）平安"；孩子讲了不吉利的话，大人们马上就说"童言无忌"等。故事主人公老财

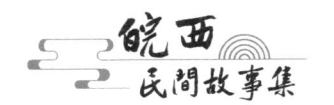

主满心讨好口彩，还提前做了讨口彩的准备，可是事与愿违，人们总是无意说出相反的话，语言巧妙，让人忍俊不禁。故事结尾说："来年过年，他（老财主——引者）再也不去精心准备什么了，还是顺其自然吧。""顺其自然"，省去繁文缛节，这是故事作者的用意，显示出智者的批评态度。

本书所收的动物故事很少，仅有三篇：《感恩的老虎》《以诗断案》《狼心狗肺》。虽然写的是动物，但动物后有人。这三篇讲的都是动物感恩，它们要么给恩人送去钱财，要么在关键时刻救助恩人。故事里包含着知恩感恩的道德训诫，动物报恩与人类忘恩负义形成对比。好的动物故事的故事性与趣味性都应很强。动物故事与幻想故事一样，有着明显的神奇因素。民俗学者刘守华说："世界民间故事分类体系中均含有'动物故事'，这些故事中的动物角色虽保持着它们本来的形态习性，又被人们赋予超自然的灵性，在故事中扮演着人类的角色，如复仇的蛇、报恩的虎、救护主人的猫狗等。它们实际上也具有动物精灵的特点。由于尚未化身为人，故事学家通常仍然把它们置于动物故事系列之中。"（刘守华《中国民间故事的艺术世界》）这段话道出了动物故事与幻想故事的不同。如本书《远走高飞》中的凤凰救助恩人，化身为俏丽的姑娘，并与恩人结为夫妻，则属于幻想故事。

民间故事不只是故事文本，还有讲述人的声音、表演、与听众之间的交流互动，更深层的还有讲故事的历史文化语境。自然，《皖西民间故事集》不是一本全面真实记录的科学资料，但仍不失其价值。钟敬文说："民间文艺学是一种科学，它的研究需要严格的科学资料本，甚至'一字不动'的版本。但是作为文学读物，我们不主张一字不动，需要严格选择和适当整理。由于它是一种文学，不少还是比较原始的文学，它也可以再创作。就是高度的文学作品，也可以从一种文学形式改编成另一种文学或艺术形式。"（钟敬文《民间文学集成的科学性等问题》）听故事是先辈们一代代生活中的重要组成部分，已经沉淀在我们的文化里。而今，讲故事的年代已渐渐远去，但我们仍然可以从这些整理出来的民间故事文本中得到有益的知识、教诲和审美愉悦，也可以用今天的文化形式进行改编和再创造，从而激活它们。

早在1936年，瓦尔特·本雅明就在《讲故事的人》中说："在当下，讲故事的人，已变成了一种与我们日渐疏远的存在，而且与我们的生活越来越远。"套用一下，便有了这篇小序的名字。

黄开发
2023年1月15日于北京海鹳楼

注：黄开发，安徽六安人。中国作家协会会员。北京师范大学文学院教授，博士生导师。主要研究周氏兄弟、现代汉语散文、现代文学思潮等。著有《人在旅途——周作人的思想和文体》《文学之用——从启蒙到革命》《周作人精神肖像》《周作人研究历史与现状》《言志文学思潮论稿》《中国现代文学初版本图鉴》（与另一作者合著）等。另有散文集《边走边看》《走出习惯的空间》《从消逝的村庄走来》。

目 录

- 001　白龙井和乌龙庙的传说
- 006　祖师庙与墩子庙的传说
- 009　青龙变青蛙
- 015　谢天谢地
- 019　宝葫芦
- 027　表哥与表弟
- 033　苦命的女人
- 042　孙九年传奇
- 051　感恩的老虎
- 058　还是做善事好
- 063　葫芦瓢传家宝
- 067　木头娘
- 074　以文招亲
- 081　俩学子抽签
- 084　渡船相遇
- 087　作诗喝酒
- 090　不见黄河心不死
- 096　远走高飞
- 103　魔法女的爱情

110	贵妃逃难
117	懂得珍惜
122	以死抗婚
130	以诗断案
135	听话的傻子
141	敲鼓震虎
149	神　笔
156	阿勇阿芳斗渔霸
164	孪生姐妹
170	秦英复仇
179	拐孩子黑蛋
186	张大胆
191	狼心狗肺
198	财主转世
205	比阎王爷还狠的家伙
215	图个吉利
219	还是会说话的好
222	测字先生
227	有意思的老磨
231	假做局碰上热粘皮
235	显摆学问的人
240	后　记

白龙井和乌龙庙的传说

一

白龙井和乌龙庙是皖西地区的两个地名。关于地名的由来，曾有一段传奇的故事。

很久以前，一汪姓财主家有良田数顷，帮工伙计几十，方圆百里都有名气。老财主最大的特点就是乐善好施，每年都拿出一些钱粮救济贫苦百姓。乡邻乡亲不管遇到什么大小事情，只要张口，他都不推辞，总是尽力帮忙，是个名副其实的大善人。家里的伙计们都很卖力，主仆相处得很融洽。

一天，凌晨寅时①，有个伙计起早到井里挑水，回来的时候发现有一个白发女，站在紧闭的红漆大门前作揖行礼。

那女郎穿着通身雪白的衣裳，头发也是白的，在黎明前显得十分瘆人。她静静地站在那里，先是鞠了三躬，然后双手合十，好像在祈祷着什么。两三分钟后，白发女郎悄悄离开了。

伙计见后十分惊讶，心想：这肯定不是正常人，要么是传说中的阴人，要么是白银子的化身，走到这里来了。

第二天早晨，同样时间又发生了同样蹊跷的怪事。伙计琢

---

①古代将一昼夜分为十二时辰，即：子、丑、寅、卯、辰、巳、午、未、申、酉、戌、亥。每一时辰相当于现代的两个小时。寅时是凌晨三点到五点。

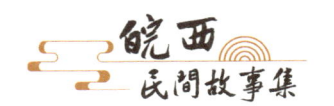

磨：近期东家可能要出什么纰漏。平时东家对伙计们那么好，一定要把这事告诉他。

老财主听后也十分惊讶，再三追问是不是真的，有没有看走眼。伙计如实回答后，老财主半信半疑，决定亲自带人围堵这个神秘女郎，看看究竟是怎么回事。

二

第三天早晨，老财主和十几个伙计手拿刀斧、绳索，埋伏在门外的林子里，单等白发女郎前来造访。

刚到寅时，白发女郎果真又出现了。只见她悄无声息地来到大门前，重复以往那些动作，做完便准备离开。

老财主一声令下，十几个伙计一起围了上去。白发女郎见无法脱身，只好站着不动。老财主问她是什么人，来这干什么。那女郎突然哽咽起来，边哭边说——

她是白龙的化身。白龙与乌龙为了争夺荷花池（在今蒋祠淋大坝）这个宝地，定于农历六月二十四这天进行决斗。谁胜了，谁就在荷花池里修炼。乌龙是雄性的，白龙是雌性的，白龙深怕打不过乌龙，所以想请凡间人帮助。听说汪家财主是个大善人，名望很高，相信他愿帮这个忙。按仙家的规矩，她要先到门前叩拜十日，然后再托梦给老财主请他帮忙。没想到叩拜时间还没到，就被他们发现了。

白龙女说，她想请汪大善人帮助挑选一百个少男和一百个少女，准备好弓箭和馒头，到了那天，少男手持弓箭、少女手拿馒头站在荷花池边，看荷花池里若是翻上来白浪花，就不停地投馒头；若是翻上来黑浪花，就不停地放箭。白花是她，黑花是乌龙。若能打败乌龙，她定保佑这一带风调雨顺、百姓安宁。

　　财主听罢,满口答应。心想:自己平时行善,天上的神仙都知道。并且若能成功,还能保佑这方平安。看来,还是做善事好啊。

　　白龙女听说老财主愿意帮忙,高兴极了,连连鞠躬。谢罢,她便消失得无影无踪。

三

　　老财主哪敢怠慢?当天就请人开始制作弓箭。紧接着,在十里八乡挑选少男、少女。又提前告知厨房,到那天用大锅多蒸些馒头。一切准备就绪,单等那天到来。

　　说着说着,六月二十四这天到了。一大早,少男、少女们纷纷来到荷花池。老财主忙着不歇,安排他们手持分配的物件,在荷花池四周指定的位置站好,并反复交代应该怎么做,又叫大家不要害怕。听说是看龙打仗,孩子们都很好奇,个个精神抖擞,一会儿瞅瞅池内,一会儿望望天空。等了一个多时辰,未见任何动静,孩子们开始沉不住气了,问老财主龙什么时候能来。

　　老财主忙说:"快了,快了。再等会,再等会。"

　　又过了大半个时辰,还是没等到。老财主心里也犯起了嘀咕:会不会是假的?哎,不管是真是假,今天定要看个结果来。

　　有的孩子吵着要回去。老财主急了,大声说:"孩子们,千万不要离开,估计快来了。这时候走了,白龙会怪罪的。"

　　正说着,有孩子喊道:"你们快看,天上的云彩跑得好快呀。"

大家一起向天空望去。只见西边天空上飘着两朵云彩，一团白云，一团乌云。白云在前面，乌云在后面，飞奔而来，很快来到荷花池上空。一瞬间，天色骤暗，刮起了狂风。孩子们被惊吓得直叫唤。

两朵云彩落入池内。这时，天也晴了，风也息了。霎时间，池里翻花跌浪，传出阵阵轰鸣声，一会儿翻起白花，一会儿翻起黑花。当翻起白花时，老财主大喊："快投馒头！"当黑花翻上来时，老财主大喊："赶快放箭！"

持续有一个时辰，乌龙终因体力不支，腾空而起，向东北方向飞了过去，落到现在乌龙庙这个地方。

四

当时正值天干大旱，老百姓看见乌龙遍体鳞伤，在地上动弹不得，就自发地从十里外的地方挑水给乌龙润身。乌龙伤好后，在一个浓雾的日子腾云而去。

百姓后来在此建了个庙宇，烧香磕头以求平安。从此，就有了乌龙庙这个地名。

乌龙被打败后，荷花池很快恢复了平静。老财主跪在池边磕头祷告。白龙得到了地盘，真的兑现了诺言，方圆不少里地，年年风调雨顺、五谷丰登。白龙在荷花池里修炼了数年，最后回到了天庭。

白龙修炼期间，乌龙想报复这一带的百姓。白龙托梦给老财主，叫他在荷花池附近挖一口水井，若是乌龙行雨淹没这个地方，雨水很快会被汇聚到井里，有多少聚多少。如此，当地百姓一来不会遭灾，二来井里的水永不枯竭，可供人们使用。于是，就有了白龙井这个地名。

现在，那口井还在。奇怪的是天再干，井里的储水量始终不减。为了祭拜白龙和乌龙，每年六月二十四这天，两地香客不断，纷纷前来祈福，并逐渐形成了当地的庙会。

祖师庙与墩子庙的传说

在三元镇,原来有两处庙宇:一处是祖师庙,在现在的祖师村境内;一处是墩子庙,在现在的龙元村境内。一南一北,祖师庙与墩子庙相距十几里地。

相传,有一年,淮河流域出现千年不遇的大旱,淮河断流,河床龟裂,鱼鳖虾蟹死的死、逃的逃。河里有一只上千年的乌龟精也遭了殃,这只乌龟精,据说是因为犯了天规,触怒了天庭,老天有意惩罚它,想把它活活干死在淮河里。

乌龟精眼看着在淮河待不下去了,听人间说南边有一个叫舒龙塘的地方不错,便想:舒龙塘,不就是让龙舒服的塘吗?只要是龙居住过的地方,一定水域宽广,福泽久远,在那里肯定会舒适无比,便于将来生存繁衍。于是,乌龟精就率领龟儿、龟孙子们,趁着夜间,成群结队地从淮河向舒龙塘方向爬去。

天上的玉皇大帝突然发现乌龟精带着大小乌龟已逃出了淮河,立即差一名管水的祖师爷,前去向乌龟精传达圣旨。乌龟精见天上管水的祖师爷来了,高兴得不得了,误认为它们可以得救了,连忙给祖师爷磕头。

哪知道,祖师爷带来的却是这样的一道圣旨:在天亮之前,必须爬到舒龙塘。若能按时到达那个地方,那一片土地将变成汪洋大海,任它们在那里生存繁衍。如果在天亮之前爬不到的话，天亮后就会出现很毒的太阳，它们爬到哪儿就会被晒死在哪儿。时间上也有严格的规定：以公鸡齐鸣为准。公鸡一旦齐鸣，它们就不能再向前爬行，大小乌龟必须聚在一起等待天命，或许上天还能给它们提供一些生存之地。

  其实，下这道圣旨，玉皇大帝是有考虑的。舒龙塘距淮河有一百多里地，任凭它们怎么爬，鸡叫之前也难以爬到目的地。明着讲是给它们一次活的机会，暗地里是想把它们累死、整死，累不死的等毒太阳出来后也会被晒死。总之，是想尽一切办法阻挡龟师的前进，绝不能让它们祸害舒龙塘那里的黎民百姓。

  玉皇大帝下达的圣旨，这可不得了！不管是哪路神仙，谁都不敢违抗。

  乌龟精听罢，率龟师拼命向前爬行。

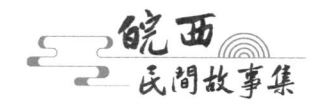

祖师爷宣告圣旨后，仍有点不放心，又找到当地的土地爷，叫他无论如何想办法阻止龟师前进。

土地老爷得到消息后非常着急，眼看着这些乌龟快要爬到舒龙塘了，怎么办呢？土地爷灵机一动，变成一只大公鸡，钻进农家的鸡舍里，昂起脖子鸣叫一声。在它的带动下，十里八乡的公鸡都鸣叫起来。一时间，雄鸡齐鸣。

乌龟精听到公鸡鸣叫，误认为天亮了，命令大小乌龟们将头缩起来原地休息，不准再爬。可是休息了很长时间，天也没有亮。太阳出来后，果然毒辣辣的，乌龟群在祖师庙这个地方，被晒成了一个大土堆。

虽然绝大多数乌龟听到鸡鸣后，随着老乌龟精留在祖师庙这个地方没动，但仍然有小部分性格活泼的乌龟不愿停下来，继续向前爬。土地爷沿途寻找，担心它们爬进舒龙塘。就在天快亮的时候，这些小乌龟真的快要到达目的地了。土地爷立刻搬来一座大土丘，挡在乌龟的前面，用来增加里程，延缓时间。

天亮了，人们起来后发现了一个奇异的现象：一夜之间，这里怎么冒出来一个大土丘，并且丘岗上到处爬的是小乌龟？村子里的人几乎都跑出来，拿着箩筐，捡拾乌龟，捡着，捡着，太阳出来了，大家个个感到热得要命，浑身上下像火烤一般，再不躲起来，非被活活晒死不可。不少人干脆扔下箩筐，跑回去了。就这样，荒郊野外留下一百多个箩筐，人们便把这个地方叫百箩丘。

后来，人们在祖师庙和百箩丘两个土墩子上分别建了一个庙宇，用来祭拜当地的土地老爷。百箩丘又叫墩子庙。

青龙变青蛙

一

有一年,天上有条青龙被贬到人间。据说,因为它是条懒龙,长时间不行雨,而且不服从天宫派遣,玉皇大帝就把它打了下来,让它在人间自生自灭。

当地老百姓见有条龙卧在地上,又是磕头又是烧香,生怕得罪了龙神。看见那龙麟片片张开着,估计是缺水了,一些人挑水给龙润身,折腾了好一阵子。有一天,天空突然起了一片乌云,一瞬间狂风大作,大雨倾盆,只见那青龙摇头摆尾,"呼啦"一声腾空而起,风和雨随着它向西方飞移过去。最终,这条青龙落到一个深潭里。后来,人们就把这个潭叫作青龙潭。

自从青龙被救后,这地方年年风调雨顺、五谷丰登,要风来风,要雨来雨。比方说,果园里怕风吹,河里运输的帆船需要来风,于是就来个"大风溜河沿,不进果子园";农忙时,为了不耽搁农事,就来个"夜里下雨白日晴"。大家都知道是青龙在庇护着这方百姓,每逢初一和十五,都到青龙潭边烧香磕头。

二

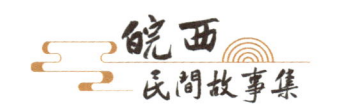

青龙是强势的,经常去抢夺别的地盘雨水。

与它相邻的是条白龙。为了争夺水源,青龙与它大打一架,把它打得遍体鳞伤。白龙打输后,来到天宫找张天师告状。

张天师是天宫中负责雨水分布的太师爷,他查了查雨簿上雨的用量,青龙管辖的地盘果然多用了不少。可怜白龙管辖的地盘,一年只下了几场小雨,往往是眼看着雨云要来了,突然一阵黑风就把云给刮跑了,好几次都是这样。张天师气得在雨簿上批了一句话:"青龙地盘二年无雨。"并安排一名祖师爷负责监管。

这下可苦了当地的百姓,好几个月滴雨未下。进入夏季,整天骄阳似火,大小水塘干得底朝天,庄稼干得直冒烟,人畜用水相当困难,人们每天都要跑十几里地挑水回来吃。

青龙也是干着急没办法,几次抢雨都未成功,无奈祖师爷管得太严了。老百姓纷纷到青龙潭求雨,无论怎么央求都没有一点效果。有的人说青龙跑了,有的人说青龙病了。

族长也急得团团转。一天,他带着一些族人,抬着两头大肥猪,准备投进潭里犒劳青龙。就在这时,来了一个黑脸大汉,大家都不认识他。

那个大汉长得很特别,个头很大,手臂很长,两只手就像两只龙爪,说话瓮声瓮气的。他来到族长面前说,三天之后必定下雨。众人知道后欣喜若狂,终于有盼头了,青龙显灵了。

三天之后,果然来了一场大雨。真是久旱逢甘霖,庄稼得水后,就像喝了油一般,郁郁葱葱,一天一个样。接下来,每隔几天就来一场雨。

三

有一次,张天师巡天路过此处,发现青龙管辖的地盘,时间未到就下雨了。他追问祖师爷:究竟是怎么回事?

祖师爷说,他是按雨簿子上"青龙地盘半年无雨"来安排的,时间已到,还能不下吗?

张天师心想:不对呀。自己明明批的是二年无雨,怎么会变成半年无雨呢?这里面肯定有问题。他急急忙忙回到宫里,掀开雨簿,果然发现雨簿被人改动过。

张天师下决心来查这个案子。他先从传令兵查起,传令兵每天都是按雨簿上的要求传令下去的,不存在一星半点的纰漏。传令兵不可能无缘无故地改他的簿子,也没有这个胆子。

张天师变成了一个和尚,来到人间进行查询,到访了几户人家,大家众口一词,都说那天求雨时有个黑脸大汉说"三天之后必定下雨"。问那个大汉长得什么样子,人们一五一十地告诉了张天师。张天师掐指算一算,这个地方已干旱了五个月零二十七天,再过三天,正好半年时间,估计一定是青龙搞的鬼。

俗话说:"天机不可泄露。"那天出现在求雨场子里的黑脸大汉,正是青龙的化身,它看到庄稼干成了那个样子,老百姓求雨心切,几次去找祖师爷求情,都碰了一鼻子灰,就决定冒险去天宫私改雨簿。

青龙去天宫多日,都没有机会下手。一天,它看见传令兵随张天师去巡天,就悄悄地潜入行雨宫,翻开簿子看到"青龙地盘二年无雨"的朱批。青龙想:这才不到半年时间,老百姓

就苦不堪言了，若等两年期到，那里还会有人住吗？它灵机一动，就把雨簿上的"二"字改为"半"字。青龙做完事回到潭里，正逢族长再次带着人来求雨。为了尽早安抚民心，就把天机泄露出去，这一泄露却引来杀身之祸。

四

张天师掌握了案情，就向玉帝参奏，说青龙私改雨簿。玉帝听罢，勃然大怒：好一个青龙，如此不守天规，把它打到人间仍不思悔改，这下又犯了弥天大罪。不斩此龙，何正天规？于是，就命托塔天王斩除青龙，时间定在某天午时三刻①。

托塔天王领旨后，带着天兵天将把青龙潭围了起来。一时间，狂风大作，电闪雷鸣，大雨倾盆。当地百姓得到消息后，顶风冒雨来到潭边，跪在雨地里替青龙求情。托塔天王一时难以得手，遂派几个天兵先行看守。他想来个缓兵之计，把青龙引出来再斩。

托塔天王离开青龙潭上空后，立即来个分身术，分身和那些天兵天将们潜伏在远处，真身独自去找当地的土地爷。

土地爷见托塔天王来了，慌忙迎接。土地爷知道青龙大难临头，但不希望青龙就这样死去：青龙毕竟是为了这里的百姓才触犯天规的。于是，他想尽一切办法留住天王，并派一名水神暗地里去给青龙送信，叫他快快离开那里。只要错过这个时辰，青龙就会安然无事。

青龙自知罪责难逃。它心里明白：暂时有老百姓护着不会有事，但这地方不能久留，必须尽快离开。刚好有个水神来送

---

①午时三刻：在迷信观念中，午时三刻是阳气最旺盛、阴气消散最快的时候，如果这个时候斩杀犯人，能够让他们连鬼都做不成。

信，说天王在土地爷那里，叫它快快逃跑。青龙觉得时机已到，驾着一团青云向东方逃去。

天王坐在土地庙里，正与土地爷交谈呢，谈着、谈着，天王有些睡意，很快就呼呼地睡着了。

土地爷希望他睡熟不要醒来。就在这时，土地爷发现天王不知怎么回事，满头都是大汗，于是就拿来一把扇子，替天王扇风，好让他睡得更香。

天王一觉醒来，长长叹了一口气，对土地爷说道："累死我了，青龙终于被我斩掉了。多亏你助我几扇神风，不然还真不好办呢。"

土地爷这才明白，刚才天王为什么睡梦中满头大汗。他真是好心办了坏事。土地爷心里十分愧疚，感到对不起青龙。

五

青龙被斩后，这地方暂由白龙管辖。哪知道这个白龙心胸狭窄，始终没忘以前的仇怨，根本不管那里老百姓的死活。这地方不是干得要命，就是淹得要命，老百姓饱受灾难之苦。

再说青龙，它的肉体虽然被斩了，但它的灵魂仍在天上。眼见那里老百姓受苦受难，自己却爱莫能助。青龙最终还是想帮一帮那里的众生，于是就变成了一只硕大的青蛙落在青龙潭里。只要有大雨来袭，青蛙就在潭里提前三天叫个不停。那只青蛙的叫声很特别，好像是在叫："咕咕哇，咕咕哇，大雨要来啦！"

老百姓掌握了这个规律，专门派一个人在潭边听青蛙叫唤，这样就避免了遭受突发性的灾难。在族长的带领下，老百姓挖塘，修渠，大兴水利。青蛙狂叫时，就把塘库里的水提前放掉；青蛙不叫时，他们就利用蓄积的水灌溉农田。每逢初一和十五，老百姓还是跟原来一样，到青龙潭边烧香磕头，祭拜青龙。

谢天谢地

人类生存繁衍至今，真的要感谢天地。

据传说，人的寿命最初只有二十年左右的光阴，是掌管天上的玉皇与掌管阴司的阎王商议之后，才将人的寿命提高到六十岁以上。

有一次，玉皇大帝派张兆君下凡巡视。张兆君发现，凡间动物中，只有两腿直立行走的人最聪明，不仅会说话，还会劳作。可惜的是，人的寿命太短了。

张兆君回到天宫，向玉帝启奏，建议把人的寿命再延长几十年。玉帝准奏。可生杀予夺的大权掌握在阎王爷的手里，上天只能给万物生命，却给不了万物寿命。这事还得找阎王爷，于是，玉帝把阎王爷请到天宫中商议。

阎王爷对玉帝十分敬重，表示一切听从玉帝的安排。但是又讲："人的阳寿不是随便就能增加的，增加人类的阳寿，必须减去别的动物的阳寿。减谁的？减多少？"阎王爷急得直挠头。

玉帝见阎王爷为难，就对一旁的张兆君说："爱卿，你到人间巡视过，那里的情况比较清楚。你看该减谁的？减多少？"

张兆君说："回玉帝的话，在四足动物中，狗、牛和猴的阳寿都比人长得多，建议把狗的阳寿减掉十年，牛的阳寿减掉二十年，猴子的阳寿减掉二十年，合在一起共五十年，按先后顺序都加在人的身上。"

玉帝和阎王都点头同意，事情就这么定下来了。

从此以后，二十多岁的人身上有从狗身上减下来的阳寿，所以有的年轻人显摆时，人们会说他："狗大年纪，逞什么能？"三十岁到五十岁的人身上有从牛身上减下来的阳寿，所以这个年龄段的人身体一般都很壮实，如牛一样；五十岁往上的人身上有从猴子身上减下来的阳寿，因为猴子喜欢抓耳挠腮，好像浑身上下都不自在。所以人到五十多岁以后，身上小毛病就出来了，不是这疼，就是那痒，于是搓手顿脚、抓耳挠腮。

人的寿命增加后，成了主宰万物的生灵。

一次，玉皇大帝又差张兆君到人间巡视，叫他去了解人世间什么样的人最痛苦。

张兆君来到人间认真打听。有人讲种田的农民最痛苦，他就专门到田地里去查看。他发现一群农民正在田里薅秧，他们一边劳作一边唱着山歌，领头的人唱一句，其他人跟在后面贺一句，非常开心，没有任何痛苦的表情。张兆君连忙摇头，"农民最痛苦"这话，不对不对。

张兆君化装成一个乞丐，继续走访。他来到一家饭馆前，发现几个喝酒的人最痛苦，一口酒喝下去，眉头紧皱，龇牙咧嘴，一副痛苦不堪的样子。特别是酒喝多了，有的哭哭啼啼，道出自己心中的诸多苦处。

张兆君把看到的情景如实向玉帝禀报。玉帝立刻下旨：把绝大多数天上飞的、地上走的、水里游的、树上结的、地里长的，都给喝酒人享用。这才有了喝酒人的口福，每每看见喝酒人的桌子上，荤菜、素菜样样都有，堆桌满盘。

过了一段时间，玉帝又命张兆君到人间巡视。

这次巡视，张兆君又有了新的发现：一是嗜酒的人会减少寿命，二是好色的人会影响身体，三是贪财的人会招来横祸，四是斗气的人会惹是生非。令他费解的是，这些人出了问题后，为什么都骂老天爷不长眼睛。

他回到天宫启奏玉帝，建议把人间的"酒、色、财、气"都收回来。奏折这样写道："酒是穿肠毒药，色是刮骨钢刀，财是下山猛虎，气是惹祸根苗。"

玉帝看罢，觉得"酒、色、财、气"说来说去，还是关系人的寿命，还得把阎王爷请来商议。

阎王爷来到天宫，看了张兆君的奏折，说："玉帝呀，你有所不知。这'酒、色、财、气'虽说关系人的寿命，但也关系人的生活。无酒不能成席，无色路断人稀，无财难有福禄，无气反被人欺。什么事都要有度，关键是靠人自己去把握。以前按你的安排，人的寿命已增加了五十年，差不多都能活到七十岁上下。可有的人却不懂得珍惜，常常作践自己，阳寿没到

就来见我,还说死得冤枉,这能怨得了我吗?"

玉帝听阎王爷说的有道理,就没有准奏。但问题还是要想办法解决呀。既要考虑到人的生命,又要考虑到人的生活。于是就下旨:"人救人要有医生,不乱色要有家庭,不义之财不可取,气来头上忍三分。"

有了玉帝的指引、阎王的呵护,人类逐步走上文明发展的道路。为什么要谢天谢地,就是这么来的。

宝葫芦

一

从前,有一王姓人家弟兄三人,老大是个马贩子,老二是个猪贩子,老三叫王小,什么事也不干,整天游手好闲。但王小天资聪颖,心肠好。

有一天,他来到海边,见渔夫正在打鱼,便来到近前看个热闹。突然,他发现鱼筐里有一条鱼对他眨巴眼。王小心想:奇怪了,鱼怎么会眨眼呢?这条鱼肯定有问题。是鱼不眨眼,眨眼不是鱼。于是,他决定把它买下来放生。

这条鱼果然不是一般的鱼,它是龙王三太子的化身。这一天,它化作一条鱼在海边浅水处游玩,玩得正酣的时候,被渔夫打了上来。三太子被突如其来的渔网兜住,变身术也失灵了,心想:这下完了。正在绝望之际,忽见人来,它向来的人眨了几下眼,示意救救它。来的人正是王小。

王小把鱼放生后,独自一人在海边玩耍,到了中午,感到有些困乏,就在沙滩上睡了一觉。

睡得正香,忽听有人喊他:"恩人,恩人,快醒醒!"

王小揉了揉惺忪的眼睛,睁开一看:妈呀!面前站着个

人，面相十分丑陋。他吓得一骨碌①坐了起来。

这个人跟王小说："恩人，你莫要害怕，我是龙王三太子，就是被你救的那条鱼。我奉父王的旨意，专门请你到龙宫里去做客的。"

王小一听，面前的这个丑八怪原来是被他救下来的那条鱼，心中的恐慌也就消除了一大半。王小半信半疑，心想：管它是真是假，反正自己是个"孤家寡人"，无忧也无虑，倒不如跟它去龙宫看看。

王小问三太子："我怎么能到龙宫呢？"

三太子说："恩人莫急。你趴在我的肩上，闭上眼睛，记住，千万不要乱动。我叫你睁眼，你才能睁眼。否则，就要出危险。"

二

王小按照三太子的吩咐，趴在它的肩上紧闭双眼。只听两耳边呼呼作响，速度飞快，如箭一般，不到一个时辰就来到了龙宫。

三太子叫他把眼睛睁开。"哇！"王小惊讶道。好大好漂亮的龙宫啊！只见宫中金碧辉煌，五彩缤纷，俏巴②极了。

三太子忙说："恩人呐，快随我去见我的父王吧。他安排了欢迎仪式，正等候你呢。"

进入龙王殿，王小更是震惊。大殿内外张灯结彩，百般乐器齐鸣欢奏，宫女们花枝招展列队两边，老龙王亲自迎接。

礼罢，宫内举行盛大的宴会来招待这个贵客，看把王小

---

① 一骨碌：方言，动作很快的样子。
② 俏巴：好，太好了的意思。

乐的!

　　王小每天享受着龙宫里各种各样的礼遇，大小地方都玩了个遍。但他知道，自己毕竟是凡间普通人，龙宫再好，总不是自己的家呀。他向三太子说出想要回去的想法，三太子再三挽留，还是留不住他。

　　三太子无奈，只好对王小说："你真要回去的话，临行时，我父王肯定会赠送给你一些贵重的东西。到时候，你什么也莫要，只要他龙椅角上挂的那个葫芦。这个葫芦可不是一般的葫芦，它是个宝葫芦。当你需要什么时，对着葫芦连拍三下，连喊三声'命里有'，里面马上就有人应答，询问你需要什么。一时三刻①，就会办好。"

　　一天，三太子陪着王小向老龙王辞行。老龙王叫仆人拿来一些金银珠宝送给他，王小推辞不要。老龙王又命人拿来一些丝罗绸缎，王小也摇摇头。

　　老龙王问："你救了我儿子的命，却什么都不要，我怎么答谢你呢？"

　　王小笑着说："龙王，我要的东西不知道你岂②舍得？"

　　老龙王说："只要我龙宫里有的，你尽管说出来！"

　　王小心中窃喜，接着说："你要是舍得的话，就把你龙椅上挂的那个葫芦赏给我。"

　　老龙王心想：这肯定是三太子给他出的馊主意。哎！给就给吧，儿子的性命能不如一个宝葫芦吗？再说，自己已把漂亮话说出去了，总不能反悔吧？

　　老龙王说："这个宝葫芦是我最心爱的宝贝，不到万不得已，我是舍不得给人的。既然你开了口，就送给你吧！但这个

---

①一时三刻：指很短的时间。
②岂：方言，是否的意思。

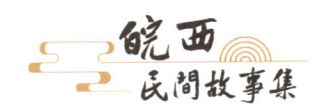

葫芦只限你一个人使用,其他人是无福享用的。"

老龙王说罢,拿起葫芦,念了几道咒语,又在葫芦上比画了几下,才恋恋不舍地递给王小。

三

王小拿到宝葫芦谢罢老龙王,三太子又让他趴在肩上、闭上眼睛,送他上了岸。

回到家中，家里的情景已是一片凄凉，房前屋后杂草丛生，室内布满了灰尘蛛网。王小慌忙打琅①一番。

到中午，他感到肚子有些饿了，但锅没动瓢没响。忽然，他想起了宝葫芦，不妨先来试一试。于是，他拿着宝葫芦连拍三下，又连喊三声："命里有！命里有！命里有！"

果然，里面有人应答："主人！有何吩咐？我立刻去办。"

王小说："我肚子饿了。帮我斗②点吃的来。"

宝葫芦答道："主人你稍等。一会就给你端上来。"

大约十来分钟，一桌热腾腾的饭菜摆上桌。

王小乐得合不拢嘴。他边吃边想：乖乖，往后有这个宝葫芦，什么也不用愁了。

酒足饭饱之后，王小想建造房子。他又拿出宝葫芦，连拍三下，再连喊三声："命里有！命里有！命里有！"

宝葫芦答应得十分爽快。一觉醒来，王小的住处神奇般地出现几栋青砖瓦房。

王小不仅有了豪宅，又娶了漂亮的老婆，家大业大了，光是仆人就有好几十。

消息一下就传开了，十里八乡的人听说这个地方突然出现豪华庄园，都议论纷纷。有的说是京城里有个做大官的人告老还乡建的；有的说是老王家兄弟三个做生意，发了大财回来建的……很多人还专门赶过来看热闹。

四

再说，王小的两个哥哥长期在外面贩卖牲口，兄弟两人都

---

①打琅：方言，打扫、整理的意思。
②斗：方言，万能动词，这里是搞点的意思。

没有娶亲成家。半年前王小失踪后，两个哥哥找了很长时间，一直不见弟弟的踪影。哥俩一边在外面做生意，一边打听王小的下落。这下，听到家乡传来个特大新闻，并且还与王家有关，哥俩生意也不做了，匆匆赶回来看个究竟。

哥俩回来一看，简直惊呆了。自家原有的那几间破草房已无影无踪，展现在眼前的是一处豪华气派的宅院，房间里的摆设应有尽有，侍从来往穿梭，好一个豪富之家！一打听，这里的主人正是自己的弟弟王小。

兄弟三人相见，欣喜若狂，拥抱在一起，亲热难分。两个哥哥追问王小：这究竟是怎么回事？王小怎么也不肯说。但最终经不住两个哥哥的死磨硬缠，还是说出了实情。

哥俩听罢，满脸狐疑，感觉弟弟好像在戏弄他俩。天下哪有这样荒唐之事？可事实摆在眼前呀，两个哥哥非要看看宝贝。

王小碍于兄弟的情面，就把宝葫芦拿了出来，又当面演示了一回。这下哥俩总算是心服口服了。叙谈很久之后，王小设宴招待两个哥哥。

王小决定不再让两个哥哥东奔西忙了。兄弟三人住在一起，共享荣华富贵，过着神仙般的日子。

过去了一段时间，王小的大哥起了贪心，心想：自己要是把宝葫芦搞到手就好了。有了这种独吞的邪念，他就整天琢磨怎么去把宝葫芦偷到手。无奈王小把宝葫芦藏得太隐蔽了，除了他本人，没有任何人知道宝葫芦放在什么地方。

俗话说：不怕贼吃贼喝，就怕贼惦记。有一天，老大终于发现了藏宝葫芦的密处，偷走宝葫芦后，就连夜离开了家。

王大跑到一个偏僻地方住下来，心想：以后我就是宝葫芦的主人了，将来要啥有啥。他越想越兴奋，就把宝葫芦拿出来试试。他模仿着王小的做法，先拍三下、再喊三声，可宝葫芦里一点声音都没有。他又接连拍、喊几下，感觉这跟普通的葫芦没有什么两样。一气之下，他把宝葫芦拍个稀巴烂，大骂王小不是东西。

王大没脸回去啦，也不敢再回去，怕弟弟找他算账，干脆来了个远走他乡。

王小第二天起床，吃早饭时不见大哥，问其他人都说没看见。王小派人四处打探，也没个结果。王小忽然想起了宝葫芦，何不让宝葫芦帮忙找找呢？

王小到密处打开柜子，"呀！"葫芦不见了。这怎么了得！他像疯了一般翻箱倒柜，仍一无所获，冷静下来想想，一定是大哥偷走了。

找不到宝葫芦，也找不到人，王小整天饭不吃、茶不饮，盼着大哥哪一天能把自己的宝葫芦带回来。可等了很久，也不见大哥的踪影。

五

再说，那个拍碎的宝葫芦被遗弃在野外，王小花了很长时间才找到。他把宝葫芦的碎片带回去，埋在自家的院子内。哪知道，过了一段时间，这地方长出两根竹子，慢慢地变成一片小竹林。他用这竹子编了一个竹篮子，挂在房檐上。这一挂可不得了啦，很多鸟都飞了过来下蛋，如同百鸟朝凤一般。王小又每天都能收几篮子鸟蛋，光卖鸟蛋的收入，全家也吃不完用不尽。

自从宝葫芦被大哥偷走后，王家不再像从前那样，要什么就有什么了。

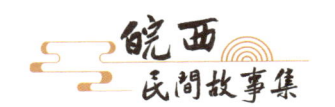

王二也被迫离开这里，自己单住起来。当他发现王小又开始发迹时，就去问问情况，得知是卖鸟蛋发的家，就跟王小商量，可否把篮子借给他用一段时间。王小又碍于兄弟情面，就把篮子借给了二哥。

哪知道，王二把那篮子挂在房檐上，鸟却是乱飞乱撞。再看看篮子，里面一个鸟蛋都没有，全都是鸟粪。一连几天都是这样。王二气得把篮子踩个稀巴烂，抛到水沟里。

那破篮子随着小溪淌进大海，最后被老龙王收了回去。

表哥与表弟

一

从前,有一对表兄弟,年龄相差两岁,是一起长大的玩伴。他们虽是表兄弟,却胜过亲兄弟。表弟时时跟随着表哥,表哥处处维护着表弟。两人如影随形,感情非常好。

表哥是一富家子弟,家有房屋数间、良田数顷,是当地有名的大财主。而表弟家却贫困潦倒,吃住都成问题。两家虽然贫富悬殊很大,但始终没有拉开他们的感情距离。渐渐地,两人都长大了,表哥娶妻生子,继承了家业,家境越发向好。表弟由于家庭贫困,没有经济基础,无论怎么做也发展不起来,二十多岁了还是光棍一个。表哥成家立业之后,决定把表弟叫到家里来,让表弟与他共同操持家业。

表弟是个知恩图报的人。他在表哥家里,打里又打外,为表哥分担了不少担子。自从有了这个得力助手,表哥无论做什么事情都"顺水又顺风",看把表哥高兴的。表哥寻思着一定要给表弟娶个好老婆,让他家与自己这个家永不分离。

二

有了这种想法之后,表哥开始为表弟物色起来。几个月

后，真的物色到一个年轻漂亮的姑娘。结婚的当天，表哥跟表弟说："我们兄弟俩，从小到大不分你我，亲如一人，你娶老婆也等于我娶老婆。你看这样行不行？新婚前三天晚上，可否让我先进洞房开心开心，以后新娘子永远都属于你，我绝不会再与她有半点纠葛。"

听表哥这么一说，表弟心里像打翻了五味瓶，这不是荒唐吗？哪有这样乱伦的？昔日可亲又可敬的表哥，一下子在他的心目中大打折扣。他沉默很长时间，没有开口。

表哥知道他一定是舍不得，让他考虑考虑，想好了再告诉他。

表弟经过反复的思想斗争，最后勉强同意了。他想，自己能有今天的这一切，还不都是表哥给他的？新婚妻子让给他三晚上，算是答谢了，今后也不欠他的人情了。只要表哥不对外说，谁又能知道这个见不得人的事呢？

结婚前三天，表弟仍住在原来的房子里。

第四天晚上，表弟进了新房，新娘子见到他就劈头盖脸地数落一番："今天晚上你怎么想来这里睡觉啦？书房里连续三晚上都亮着灯，我以为今晚上你还要在那里看书哩。我都搞不明白，新婚之夜你不与我在一起，难道看书比我还重要吗？"

过去，新郎与新娘没有结婚之前，男女基本上都互不相识，新娘子就把在书房里看书的表哥误认成自己的丈夫。表弟终于明白是怎么回事了，原来表哥是在考验自己。表哥真是一个正人君子，表弟对他更加崇拜了。

三

　　表兄弟俩齐心奋斗,家业变得越来越大,家庭和睦,幸福甜美,令人羡慕。到孩子都长大了,两个家庭却出现了矛盾。起因是两家的孩子经常打架,时间久了,影响到双方大人。特别是表嫂,常在表弟媳面前讲,是他家给了表弟一切,包括媳

妇都是他们花钱娶的。

表弟的妻子经常在丈夫面前嘀咕这些事，表弟感到很是憋屈。每次孩子们打架，他都是训斥自家的孩子，表哥的恩典他没齿难忘。可这些年来，自己也为这个家付出了很多呀，表嫂不应该高高在上，动不动就提对他们家的好处，好像扒在她碗边讨一口饭吃似的。他跟表哥沟通，表哥每次都说，女人之间的事不要管。表弟想：这样下去也不算事，时间长了肯定会影响到兄弟两人的感情，还是离开为好。

表哥开始说什么都不同意，看表弟去意已决，知道挽留不住，就把家里的钱财分给了表弟一部分。表弟非常自觉，只拿了一点点，拖家带眷到另一个很远很远的地方安顿下来。

四

有了这么多年经验的积累，表弟很快在外面发展起来，生意越做越大，通江达海，商号遍布，财源滚滚，成了远近闻名的大富商。但是，表弟因为离表哥家很远，平时又忙着自己的事，所以多少年都没有去表哥家走动了。

再说表哥家，自从表弟走后，家运日渐衰落，最后沦落到卖地、卖田的地步。这真是：向上的家庭蒸蒸日上，破败的家庭一落千丈。最倒霉的是，一场大火竟将他的家宅全部烧光烧尽。田地没有了，房子烧光了，一家人走投无路。表哥这时想到了表弟，自从他走后这些年，一直是杳无音信，不知道他现在如何。表哥到处打听，终于有一天打听到表弟的住处，还听说，表弟现在是个大富豪。

表哥准备投靠表弟，看看表弟能否念及昔日的情分，接济接济自己。表弟突然见到表哥一家到来，真是喜出望外。了解实情后，他很震惊，也很同情。他让表哥一家在此住下，安慰表哥不要着急，他一定会帮表哥渡过难关的。

一天，表弟对表哥讲：因为生意上的事情，需要外出一段时间，请表哥一家安心在此过日子。临走时，对妻子做了特别交代，要求把表哥一家作为上上客来对待，一定要侍候好。

表哥知道表弟生意忙，经常一年半载不落家，非常能理解表弟不能在家陪他。

五

大半年后，表弟回来了。表弟告诉表哥，老家的房子重新建好了，卖掉的田地全部赎了回来，表哥想什么时候回去都可以。表哥一听，激动得泪流满面，不知道该如何表达内心的感受。

表哥一家初来时，表弟的妻子虽然表面上非常热情，但是心里多少有点幸灾乐祸的味道。噢，家里破败了，跑到这里来了！昔日表嫂不是风光得很吗？对她说了那么多不中听的话，这一辈子她都不会忘记的。听说丈夫这次出去，投了那么多的钱，帮表哥重建家园，更是满心的不悦。她想，将来还不知道要贴补他家多少呢！这不是无底洞吗！

有了这种想法之后，她想出了一个离间他们表兄弟之间关系的点子。一天，她哭哭啼啼地跟丈夫诉说，自从他走后，表哥经常对她动手动脚，想占她的便宜。考虑他们兄弟的情面，自己没有跟他翻脸。再这样下去，不知道将来会发生什么事情来。

丈夫一听，怒火中烧。他坚信表哥不是那样的人，大骂妻子："你这个贱人，简直是胡说八道。我们结婚时，他有的是

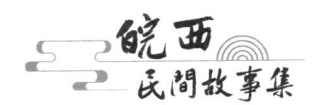

机会，却对一个黄花闺女碰都不碰一下。现在你都成黄脸婆了，还说他对你图谋不轨，说天书我都不会信的。你好自为之吧。"

妻子见挑拨不成，反被丈夫训了一顿，后来了解到新婚的前三天晚上，在书房里通宵看书的人是表哥，不是自己的丈夫，真是羞愧难当，连忙向丈夫赔礼道歉，承认自己做错了。

表哥一家回到了原处，重新过起了自己的生活。

苦命的女人

一

天空灰蒙蒙的,开始飘起了雪花。

一大早,李寡妇就起了床,梳洗完毕,到菜园里拔些白菜和葱蒜之类的青头。今天,她特别高兴,自己喂了一头猪,准备找屠夫杀了过年。

家里已经好几年没有杀年猪了。自从丈夫五年前被抓了壮丁,她便独自一人带着三岁的女儿艰难地过日子。据说,丈夫刚到营子里不久,就得病死了。后来,有人把他的遗物带了回来,李寡妇悲痛欲绝,想寻短见一死了之。无奈女儿还小,生活还要维持下去。家里唯一租来的一亩多田,一年辛苦下来,去了租子剩不了多少,很难维持温饱。她含辛茹苦,好不容易把女儿拉扯到七八岁,孩子渐渐省事些了。今年三月份,她赊了条小猪仔喂,若能喂成的话,除了本钱,还能落些猪肉和油吃,母女俩的生活就能改善一点。李寡妇这样盘算着,整天起早贪黑忙里忙外着。还算走运,小猪喂了大半年,长了一百多斤。加上这年又是个好年头,庄稼也比往年收成好些。一大年的,也还算顺当。

二

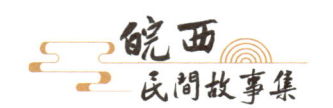

李寡妇把白菜和葱蒜挎到塘边洗净，又抱了一些柴草，准备烧开水杀猪用。上午巳时初①，两个屠夫抬着黄桶"哼哧、哼哧"地来到她家。一个年龄大的屠夫放下黄桶就开始抱怨："乖乖，你家住的庄子怎么这么熊远②？路也不好走，累死我了。"

李寡妇住在河湾边沿，单门独户，离其他庄子至少有四五里路。听到屠夫的抱怨，李寡妇赶忙赔笑脸回答道："哎哟，大哥，真是累着你们俩了。等杀了猪，中午多烧点肉给你俩吃。"

两个屠夫歇了一会儿，就去逮猪杀。李寡妇忙着去锅屋③里烧开水。不多时，开始杀猪了。小女孩怕猪叫唤，两只小手把耳朵捂得紧紧的。刮猪毛时，她们娘俩在一旁看着，还时不时地与那个年龄大的屠夫搭讪几句。

大约一个多时辰，猪被打琅④出来。肉被分割成一块一块地放在篮子里，油、肝、心肺、大肠、小肠等，用草绳子系好挂在墙上，看上去出来好多东西，李寡妇喜欢得直咧嘴。她赶忙挑了一大块有精有肥的肋条肉，又拿了一小块猪肝，猪血也早被她在锅里浸好了。她要好好地招待一下两个屠夫，孩子也多少天没吃到肉了，今天一起好好改善一顿。

李寡妇今年不到三十岁，看上去却像四十岁的人。长年的

---

①巳时初：上午九点左右。巳时是上午九点到十一点。
②熊远：方言，比较远的意思。
③锅屋：方言，指厨房。
④打琅：方言，清理、整理的意思。

辛劳，特别是丈夫的死，使她倍受打击，一下子老了许多。这几年里，她的境况尤其可怜，住的地方很偏，一到晚上黑灯瞎火，娘俩早早吃完晚饭，就把破门闩着，不敢在外多待。她勤劳善良，省吃俭用，每次都捡女儿剩下的饭来吃，经常一天只吃两顿饭，白天还要到地里干活，所以营养不良，骨瘦如柴。小女孩渐渐长大了，懂得心疼妈妈，看到妈妈每次都是最后吃，便非要跟妈妈一起吃，有时故意装着吃饱了，多留点饭菜给妈妈。

午饭烧好了，两大碗猪肉，两碗白菜烩盅子①，一碗炒猪肝，真是好丰盛。李寡妇不停地往两个屠夫碗里夹菜，也不停地往女儿碗里夹。唉，小女孩吃得那个香啊！边吃边说："妈妈烧得真好吃。"可她自己却夹得很少，装着吃得很香。

"你自己怎么舍不得吃呀？"屠夫问。

"吃了，吃了。哎呀，你看杀了这么多肉，将来还能没有我吃的？"李寡妇满脸笑容地答道。

三

吃罢午饭，屠夫带走两块肉，算是薪酬。李寡妇又开始忙乎起来，除去卖肉还账的，剩下的腌成腊肉来年慢慢吃。她一边忙，一边想着今后的日子，脸上不时露出甜蜜的微笑。

小女孩看到妈妈今天特别高兴，自己也高兴得不得了。她帮妈妈打点下手，问妈妈："妈妈，我怎么感到好热呀？"

妈妈知道是女儿肉吃多了，要不然下雪天怎么会热呢？她一阵心酸，心疼地说："以后妈妈经常烧肉给你吃，你就不冷了。"

"妈妈真好！你以后也要多吃肉，就不会冷了。"小女孩反过来劝妈妈。

冬天天短，天色渐渐地暗了下来。这时，雪也停了，西边天开始放晴。该忙的基本上忙完了，娘俩吃罢晚饭，像往常一样早早地把门闩好，在堂屋里点个油灯。可能是过于兴奋，她今晚一点睡意都没有。晚上戌时过半②，突然有人敲门。李寡妇心里咯噔一下，心想：这些年晚上家里从没有来过人，怎么

---

①盅子：家禽、家畜的血，短时间凝固后，在开水中烧煮成块状。
②戌时过半：晚上八点多。戌时是晚上七点到九点。

会有人敲门呢？莫非是来土匪了？

"梆梆梆"又敲几下。有人喊道："开门，快开门。我们找口水喝。"

李寡妇听说是找水喝的，猛跳的心稍微平静了一点。她把门打开，一看来了两个陌生男的，一个有四十多岁，另一个有三十多岁。四十多岁男的进屋就骂了起来："妈的，怎么杀猪了也不请老子来打猪盐子？肉都搞哪去了？"

原来，这两个人是"二绺子"①。"二绺子"实际上跟土匪差不多，白天是人，晚上是鬼，见到人家有稍好点的东西，能偷则偷，能抢则抢。要是遇到家里有人，首先问对方是否认识他们，如果没经验的主人说了实话"认识"，那麻烦就大了，被偷抢的人不死也伤；若是假装不认识，东西拿走就算了，命可以保住。一般情况下，"二绺子"要是准备偷抢熟人的东西，他们事先会蒙个面。

小女孩吓得浑身直抖，紧紧地搂住妈妈的腿。李寡妇近乎哀求地说："两个大哥，行行好吧，可怜可怜我们母女俩吧。"

另一个"二绺子"恶狠狠地说："可怜？可怜还杀得起年猪？少废话，老子肚子饿了，先去烧饭给老子吃。"

李寡妇待在那儿没动，又哀求说："两个大哥，看看这样行不？猪肉给我们娘俩留点，油你们是不是不要了？"

那个四十多岁的"二绺子"一巴掌扇了过来，打得李寡妇两眼直冒金花，嚷道："叫你去烧饭，你没听见吗？"

李寡妇知道说也是白说：只要土匪进了屋，就好比放了一把火。她抹着眼泪，从篮子里挑出一块肉，到厨房去烧饭。两个"二绺子"，一个在外面望风，顺便看着她烧饭，一个在屋

---

①二绺子：方言，过去指胡子、土匪。

内翻找东西。

大约过了半个时辰,忽听外面有些骚动。望风的那个人说:"来人了,赶快走。"

原来,小女孩趁着"二绺子"忙乎的时候,偷偷地溜了出去。她看到来的那两个人很凶,又打了妈妈,知道肯定不是好人。她壮着胆子跑到上庄子大伯家,告诉他家里发生的一切。

孩子大伯得知后,估计是来土匪了。他急忙召集一些人,拿锹的拿锹,拿叉的拿叉,拿扁担的拿扁担,一起来打土匪。大伙来到李寡妇家,发现那两个人被吓跑了,肉和其他东西都系得好好的,还没来得及被抢走。李寡妇看到孩子大伯带人了,感动得哭了起来。本来稀里糊涂的她,现在清醒了许多,慌忙抱些柴草堆在堂屋里,点燃起来给大伙取暖。

孩子大伯一边安慰她,一边夸小女孩有心眼,要不是她去报信,损失就大了。大伙烤着火,你一言我一语,有的说,要是逮住"绺子"非剥了他的皮不可;也有人说,轰走就算了,这些人得罪不起。

过了很长时间,夜已深了,李寡妇说:"谢谢你们,天也不早了,你们回去吧。估计没有事了。"大伙听她这么一说,也都觉得不会有什么大事,就都回去休息去了。

四

人散了不久,李寡妇突然又听到砸门声。小女孩也被惊醒。李寡妇躺在床上,吓得浑身发抖。这可怎么办?莫非他们又来啦?只听外面砸门声、叫骂声不断。哎呀,真的又是那两个"绺子"。

"害得老子快冻死了。等老子进去,非要你的命不可。"

"砰"的一声,破门被砸开了,那两个"绺子"直奔房屋,揪着李寡妇的头发给扯了出来。

两个"绺子"实际上没跑多远。慌乱中,那个年龄大的"绺子"掉进水沟里,裤子湿了一大截。上来后,他们两个合计先藏起来,等人走了再来。

"绺子"叫李寡妇点火给他烤裤子。李寡妇无奈,只得抱些柴草,燃着后帮他烤裤子。烤着烤着,没注意把裤子烤煳①了一块。年龄大的那个骂道:"妈的,你眼睛瞎了?"说着,一巴掌打在李寡妇的脸上。

"快给老子补好。我看你今天是不想活了。""绺子"又要打她。

李寡妇连声道歉说:"对不起,对不起。"忙起身找来针线,帮他缝补裤子。针线找好了,可是一块布都找不到。无奈,李寡妇从自己黑布袄子上撕下一块布来。不多时,裤子补好了。两个"绺子"叫她挑着东西一起走,目的有两个:一是可节省点力气,二是怕她找人报信。等适当时候再把她放走。

李寡妇看自己好不容易养的一头猪,除了桌子上剩下几块猪盐子,其他全部被"绺子"弄走了,真是心痛无比。东西被拿走不算,还要帮他们挑着,这是什么世道呀?但不从不行啊。就这样,三个人挑的挑、拎的拎,出了门。

走在半路上,李寡妇一直想瞅准机会,弄两块肉下来。她想出一个办法,放下挑子,弯腰假装拔鞋子,顺便从筐里拿出一块丢在路旁草丛里。当她准备拿第二块时,被一个"绺子"发现了,两个"绺子"给她按在地上一顿暴打。

李寡妇嘴角被打出了血,头发也被扯掉一绺子。她跪在地

---

①烤煳:方言,衣物等靠近火时间长了,变黄、变黑、变脆了。

上求饶说:"两个大哥别打了,我是想弄块肉给我女儿吃。"

"绺子"哪容她说这些?年轻的那个说:"大哥,这个活口不能留,干脆给做掉算了。"

年龄大的那个对着李寡妇说:"你这个死婆娘真不识相。本来准备差不多就放了你,可你偏偏找死,这就不怪我了。"说完从腰里拔出刀来,对着李寡妇猛扎几刀。李寡妇无声地倒了下去。

五

小女孩被惊醒后,再也无法入睡。她躺在床上,被吓得不敢动弹,假装睡着。堂屋里有人,她也无法出去。堂屋里说的话,她都听得一清二楚。当他们一起出门后,小女孩穿好衣服,悄悄地尾随,也不敢喊妈妈。她要看妈妈究竟会被他们带到哪里去。看到妈妈被害后,她只能在远处咬紧着嘴唇暗暗地流泪。待"绺子"走远后,小女孩才敢来到跟前,妈妈躺在地上已经一动不动。她爬在母亲身上,一个劲地哭喊着妈妈。

小女孩的大伯好像有些预感。一大早,他就来到李寡妇家,发现一扇门倒在一旁,她娘俩也不知去向。堂屋地上一大堆灰烬,猪肉一块也没有了。不好!一定是"绺子"又来了。他慌忙召集人员,到处寻找她们娘俩的下落。

当他们在离家四五里的地方发现李寡妇后,一个个都惊呆了。李寡妇惨死在那里,地上一摊鲜血,已被冻住了。小女孩趴在母亲身上,嗓子已经哭哑。寒风吹着母女俩凌乱的头发,吹着李寡妇破袄子露在外面的旧棉絮。看着这悲惨的场景,村民们个个都流出眼泪。

小女孩大伯发誓,一定要找到真凶。他分析"绺子"偷抢的东西一般都要销掉,这些肉估计会被弄到街上去卖。他问小女孩:那俩人可认识?小女孩肯定地点点头。

就这样,几个大人带着小女孩去街上寻找。一连两天,也没发现他们的踪影。到了第三天,几个大人一大早又带着小女孩来到街上。转了一会儿,小女孩突然扯着大伯的手,指着前面那个卖肉的:"就是他!"

几个人上去就把那个卖肉的控制起来,还没等他反应过来,手里的刀已被夺掉。果然是那个年龄大的"二绺子",裤子上那块补丁就是李寡妇从袄子撕下来补上的。大伙一起给他打个半死,最后给他绑了起来交到官府。

案子很快审理完毕,官府公开处死了那个绺子。不久,又捉住了另一个绺子,把他关进牢里去了。

孙九年传奇

一

从前，有个王老圩子非常有名。圩子里住着姓王的地主，因与马头岭匪帮结下了很深的梁子，最后全家都被匪帮杀光，包括几个家丁在内，一共死了四十多口人。

打那以后，圩子变成了个空圩子。圩子里的面积很大，树木和房子很多，走进去后给人一种阴森森的感觉。据说，也曾有人搬到圩子里住过，但住的时间都不长，家里很快就会出现凶险的状况，主人不是死就是伤。

有一年，一个姓孙的外地人，带着妻子逃荒来到这里。见王老圩子没有人住，就在圩子里住了下来。这时，他的妻子已身怀六甲，再过几个月就要临产了。

好心人劝他，这是个凶宅，不能住人。他哪管那些？心想：能有个安身的地方就不错了。再凶，起码也要等孩子生下来之后再做打算。

几个月之后，妻子生了个男孩，夫妻俩高兴得不得了。

由于妻子长时间缺乏营养，所以，孩子出生后没有奶水吃，整天饿得哇哇叫。丈夫干着急没办法，家里没有分文，也没有什么可变卖的东西；想逮条鱼吧，又没有渔网。

丈夫想下到圩子里，看看能不能用手摸点鱼上来。他试探性地下到水里，圩子里的水很深，下去后没走几步，水就快淹没到头顶了。好在有一棵枯树倒在水里，他顺着枯树干爬上岸。上岸后，他发现枯树根子下面有个洞，于是又下到水中，那洞里真有一条鲶鱼被他掐了上来。接下来，他天天都来摸洞，有时能摸到，有时摸不到，前后摸了九条鲶鱼。妻子奶水充足了，孩子长得胖乎乎的非常可爱，丈夫就给孩子起个名字叫孙九年。

二

孙九年渐渐长大了，人长得越来越英俊，十几岁个头就起来了。就在孙九年十四岁那年，父亲外出捕鱼不慎淹死在河里，母亲哭得死去活来，因伤心过度，时间不长，也撒手走了。看来王老圩子真是个凶宅，孙家住的时间还算长的，最终也没有逃过厄运。

就这样，孙九年成了一个无依无靠的孤儿，没有别的地方可去，只好孤单一人住在这里。

一天，有个道士路过此地，他发现王老圩子阴气很重，就到圩子里转了一圈，刚好碰到孙九年。他见这个孩子一表人才，长得十分英俊，打听后才知道他就是这个圩子的主人。问他的父母在哪里，孙九年说几个月前都死了。道士了解详细情况之后，非常同情这个孩子，决定不走了，留下来与孙九年一起生活，并收他为弟子。

孙九年万分感激，趴下来就给道士磕头。其实，这个道士也是孤身一人，常年游走江湖，靠给人家看病、看风水为生。他决定留下来，一是看这个孩子可怜，想把他带大；二是看这

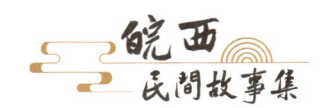

个圩子确实不错，只要把阴气和邪气除了，还是一个好宅子。

道士当天就着手给圩子驱邪。他让孙九年跟他一起砍来一些桃树桩，把这些树桩下在圩子的四周，过几天又弄来一些黑狗血和公鸡血洒在墙根上，房间里布置了桃符、虎符，屋顶上放一些破渔网。道士感到圩子里基本上干净了，这才着手教孙九年学法术。

孙九年非常聪明，是个机灵呱巧①的孩子，一听就明，一点就会，半年下来，看风水、瞧外症、捉妖拿怪，样样都会。师傅十分高兴，经常带着徒弟给人家做法事，一干就是好几年。

三

一天，孙九年独自一人到离家有三十里地的刘老员外家做法事。

刘老员外有一小女，名叫刘凌，年方十八，长得如花似玉，就是性格有些像男孩，整天在外骑马射箭、舞枪弄棒，做事也是风风火火的。老员外对这个小闺女特别娇惯，她想干什么就由她干什么。不知什么原因，刘凌两个月前得了个病，病得不能起床，面黄肌瘦，说话无力，请名医来瞧也不见疗效。

老员外急得团团转，听老婆说，近些日子姑娘的闺房里，经常在半夜传出女儿的笑声，好像房内另有他人。问小女情况，她死活不愿说，只是跟母亲说她最近爱做梦，至于做的什么梦，只字不提。老员外估计女儿得的是外症，于是请来孙九年到家里做法事。

---

①机灵呱巧：方言，头脑子灵活，反应迅速。

孙九年来到刘府后,屋里屋外详细察看后,悄悄地跟老员外说,小姐可能得的是"花阴病",有阴人缠着她。老员外听罢甚为焦急,恳求孙九年一定要把小姐的病治好。孙九年打算先住在刘府,观察观察动静。

当天夜里,孙九年几乎一夜未睡,他守在一个较隐蔽的地方,观察闺房周围的动静。大约夜里子时①,突然有条白影破窗而入,去了小姐房间。

孙九年估计是阴人来了,他悄悄地来到窗前,里面传出小姐自言自语的声音,有时像哭,有时像笑。听了一会儿后,孙九年继续躲在原处观察,他想等那白影出来后进行跟踪,看看究竟来自何地。

一个多时辰,那条白影从窗子里出来了,直奔后面的马棚而去。孙九年尾随其后,来到马棚,见棚里拴着一匹白马,再摸摸马身上,湿漉漉的,好像出了一身汗。

孙九年纳闷了,天都凉了,马又没有跑动,怎么会出汗呢?估计这个"怪"一定是它做的。

第二天,孙九年叫老员外准备一个葫芦瓢,让小姐晚上把葫芦瓢当枕头来枕,连枕三个晚上,头一定不能离开葫芦瓢,接着又在房门口和窗子上画了几道符。

晚上,小姐刘凌按法师的安排,头枕着葫芦瓢。她刚闭眼正有睡意的时候,头偏偏从葫芦瓢上滑下来,再想睡头又滑了下来,最后干脆不睡了,改成白天睡。小姐白天睡得很香,人休息好了,也有精神了。老员外看在眼里,喜在心头。

---

①子时:夜里十一点到凌晨一点。

四

孙九年心想:小姐虽然没有梦境了,但根子不除,早晚还得有事。他叫老员外备些黑狗血和一把五股铁叉,准备将那匹白马叉死。

孙九年左手拎着装有黑狗血的罐子,右手拿着五股铁叉,轻轻地来到马棚里。正要用狗血喷向那马头,白马突然开口说话了,孙九年听罢,顿时心软了下来。

原来,这匹白马是小姐刘凌平时最爱骑的马。白马与刘凌前世是一对恩爱夫妻,妻子对丈夫百般体贴,为丈夫付出了很多。丈夫内心非常感激,经常跟妻子说,下辈子两人还要做夫妻,如果成不了夫妻,他愿为妻子当牛做马。果然,两人转世后,丈夫变成了一匹白马来侍候她。

刘凌对这白马特别有感情,有一次白马生病了,她硬是在马棚里陪了三天三夜。这白马非常通人性,也非常聪明,奔跑的速度快如飞箭,与其他马在一起时,威风凛凛,傲视群雄。每次赛马,它都独占鳌头。小姐视之为心肝宝贝,时间久了,人与马感情交融,如胶似漆。一天夜里,白马变成了一个英俊潇洒的白面书生,进入刘凌的梦境,两人一见钟情,交谈甚欢,最后竟在梦里做了那个事。打那以后,刘凌每天晚上都能梦见这个白面书生,第二天起床,人感到十分困乏,渐渐地身体虚了下来。

自从孙九年来这里做法事后,白马进不了门,也入不了窗,更是进不了小姐的梦里去。白马知道与小姐姻缘已绝,又预感到自己要遭厄运,便跟孙九年说,只要不伤害它,它愿继续侍候小姐,保证与她不再有男女私情方面的纠葛。还说,它有一同胞兄弟，长得与自己一模一样，也是一匹白马，让它来侍候孙九年。胞弟被拴在王老圩子外的一棵红柳树上，本来它想进圩子，无奈圩子里布满了天罗地网，所以无法进去。这匹白马将来对孙九年大有好处。

五

孙九年半信半疑地回到家，果然看见有一匹白马被拴在圩子外。那白马见到孙九年，又是摆尾又是嘶叫，好像与孙九年很熟。

孙九年拍了拍马背，叹道："好马呀！"

孙九年特制了一副马鞍子，骑上那白马，人格外精神抖擞。有了坐骑，外出方便了许多，孙九年一有空就练习骑马的功夫，几个月下来堪称一名优秀的骑手。

小姐刘凌的病彻底好了，她像以往那样骑马射箭，练习功夫。刘老员外为了感谢孙九年，准备了一些钱财送给孙九年。

哪知道，孙九年分文不取。孙九年主要是看中了刘老员外后山上的一块地，打算把父母的坟地迁到那里。这块地是一个"火龙地"，先辈若葬在那，后代很快就能得势。刘老员外哪知道这些？他想自己有那么多的山和地，别说给他一小块，就是给他一座山也不足为惜。

孙九年得了这块地后，立即把父母的坟墓迁到这里。

六

又过了两年。

一天早上，孙九年在集上吃饭的时候，遇到三个人，两个

年轻的，一个年龄大的。那个年龄大的，看上去非同一般。他气宇轩昂，人长得是肥头大耳，头顶上好像始终盘旋着一团紫气。

孙九年边吃饭边观察，寻思着这三个人有啥大来头。突然，来了一队人马，立刻把早点店包围起来，其中几个人直接奔向那个年龄大的。旁边两个年轻人一看阵势不好，慌忙拔出腰间的短剑，与那些人舞弄起来。打斗好一阵子，年龄大的那个人还是被绑走了。

这队人马带着这个被绑架的人，一溜烟跑出去很远。两个年轻人跟着就追，追了一气没有追上，只好又转过头回到集上。

此时，集上一片混乱。孙九年被这突如其来的事情惊呆了，正要牵马离开这里，那回来的年轻人，交给孙九年一件东西，拜托他骑马尽快交到离这有两百多里地的巡抚那里。

孙九年猜测被绑走的那个人一定是个重要人物。他哪敢怠慢？立即飞身上马，怀里揣着那件东西，快马加鞭来到巡抚处。

巡抚大人一看这件东西，脸都吓白了，连忙安排一支铁骑，随同孙九年前去救人。

原来被绑走的那个人，不是别人，正是当朝天子，他在这个地方微服私访了一段时间。马头岭的土匪下山踩点时遇见了他们，见他们花钱很大方，误认为是个大财主，于是就把他当成肥票绑走了。那两个年轻人是跟随护驾的，皇上搞丢了，这还了得？万般无奈之下，他们交给孙九年一件东西，据说这件东西是一个信物，当皇上遇到危险时，地方官员只要见到它，如同见到皇上，一定会不惜一切代价前去救驾。

孙九年的那匹白马果然神通广大，送信时一路狂奔到达地点,带路时直奔马头岭而去,一点都没有耽搁时间。

救驾成功了,山上那帮土匪被剿灭了。皇上见到孙九年,跟他说了一句话:"你将飞黄腾达。"

七

孙九年始终不知道被救的这个人是谁,但他心里明白这句话的意思。回来后,他把发生的事情告诉了师父,师父高兴地说:"徒儿,你家的坟地得势了。"

再说,刘老员外的小女刘凌,这几年来府上提亲的不少,可没有一个让她看中的。她跟父亲说,自己的婚事由自己来定,她想用赛马的方式来选夫婿。

老员外知道拗不过小女,就依了她。赛马的标准是:人要年龄相仿、长相英俊,若是赛过小姐,就选他为婿。于是选了个黄道吉日,定为赛马招婿日。

告示一出,很多符合条件的小伙子个个跃跃欲试,加紧备马练技,单等这一天到来。

说着说着到了这一天,赛马场上盛况空前,热闹非凡,刘老员外和老婆亲自观看。

随着一阵鼓声,几十匹赛马同时狂奔。刘凌一马当先,跑在最前面,其他马紧追不放。渐渐地,一些骑手望尘莫及了,一个个败下阵来。就在这时,一匹白马追了上来,马背上的青年英俊潇洒,不停地挥舞着马鞭,"驾、驾"地吆喝个不停,这个青年正是孙九年。

小姐回首望去,后面的白马与自己的白马一模一样。再看看骑手,她更是心潮澎湃,兴奋无比,赛马更有劲了。只见那两匹白马,并驾齐驱,如同比翼双飞的鸟,又如两朵空中飞舞

的白云。此时此刻，赛场外，人山人海，欢声雷动。

比赛结束了，当刘老员外看到胜出的骑手竟是孙九年时，真是喜出望外。

就在这时，来了一队人马，为首的高声喊道："孙九年，快快过来接旨。"

众人听罢，纷纷下跪。手持圣旨的那个人，宣旨孙九年为王子。

原来皇上回宫后，知道是孙九年报信带兵救的驾，决定收他为义子。身为义子，理所当然就成了王子。

孙九年娶了漂亮的妻子刘凌，又当上了王子，师父万万没有想到。他庆幸自己有眼力，收了这个徒弟。以后的日子里，道士跟在后面沾了不少光。在刘老员外的支持下，道士把王老圩子建成了一座富丽堂皇的道观，他在圩子里静心修炼。

感恩的老虎

一

从前,有个叫大呆的人住在山脚下,单门独户,长年靠砍柴烧窑为生。老婆带着一个不满两岁的儿子,在家里干些家务活。

一天早晨,大呆像往常一样去山上烧窑。走到半路上,看到一只老虎正坐在路中间,大呆顿时被吓得魂不附体。那老虎张着血盆大嘴,头左摇右摆,嘴里发出"嗷呜、嗷呜"的啸声。大呆心里明白,此时想要逃跑,肯定是来不及了。于是,他手里紧握着斧子,防范老虎前来进攻。

僵持了好一会儿,老虎没有任何进攻的意思,仍在那不停地甩头,显得十分痛苦的样子。老虎眼睛里发出的不是凶光,好像是向人求救的目光。大呆心里想,这只老虎可能是吃了什么东西被卡住了,想叫人来救它。大呆用手势比画着,和老虎对起话来:

"你是不是叫我来救你?"大呆问。

老虎连忙点头。

"那我去了,你不吃我吧?"大呆又问。

老虎又点点头。

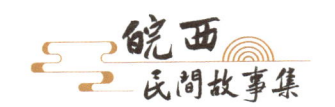

大呆壮起胆子慢慢地靠近老虎,手里的斧子依然紧握着。看那老虎确实对自己没有任何敌意,大呆这才放心大胆地靠近它。

来到近前,老虎把嘴张得很大,喉咙像是被什么东西卡住了。大呆贴近老虎,嘴边往里看,呀!原来是一个女人头上戴的银簪子。

大呆小心翼翼地把手伸进去,慢慢地把簪子给取了出来。那老虎顿时不再感到痛苦了,显得很感激的样子,只见它甩甩尾巴,吼叫两声,然后就离开了。

二

大呆回家后,把刚才发生的事告诉了老婆。

老婆骂他:"我看你是王八打蹬——鳖拽。真要是碰到了老虎,还不把你给吃掉。鬼才信呢!"

任凭大呆怎么说,老婆就是不相信。不信就不信吧,反正是自己碰见了老虎,还救了它。

过了几天,有一天夜里,大呆和老婆被老虎的啸声惊醒。两口子慌忙起来把门堵得死死的,生怕老虎进了屋。折腾了一夜,没敢睡觉。第二天早上开门,发现一头被咬死的野猪躺在家门前,足有两百多斤。大呆老婆想:看来丈夫之前说的话是真的,那只被救的老虎感恩来了。

就这样,老虎隔三差五地夜间来一趟,不是拖头野猪,就是拖只野羊,放好后,吼叫两声,好像是告诉大呆:我又送东西来了,赶紧抬进屋里吧,别让人家弄走了。看把大呆两口子乐的。

三

一天,大呆照常去山上烧窑。正烧着呢,窑体突然塌了下来,把大呆活活闷在里面。好在出风口还能透点气,不然的话,大呆非中毒不可。

大呆心想:完了,完了,这可怎么出去呀?他急得直往外扒,无奈空间太小,扒来扒去,只扒了一点土在身旁。扒了一会儿,他听到外面有响动,又听到有老虎的啸声,可能是那只老虎来了。

果然不错，正是那只老虎在窑洞外面。这老虎非常通人性，它像一个卫兵一样天天都到窑洞附近溜一溜，生怕别的野兽伤着恩人。以前有两次，大呆发现老虎的身影后想接近它，但很快老虎就溜跑了。

这一天，老虎又来巡窑，发现窑塌了，再闻闻里面的气味，好像是恩人被埋在里面。它急得直打转，想来想去，最终用扒土的办法救人。大约过了半个时辰，倒塌的窑体被扒出一个洞来，老虎钻进去咬住大呆的衣裳，硬是给他拽了出来。

等大呆迷迷糊糊醒来时，那只老虎还坐在旁边看着他。老虎也是累得筋疲力尽，两只前爪还在流血。

这一次真是有惊无险，多亏老虎前来搭救。大呆休息了半个月，身体基本上得以恢复。可窑塌了，活也干不成啦，一家人往后的生活咋办呢？那老虎好像知道恩人的心事似的，便加大了送东西的次数，原先是隔三差五送一次，现在是每天晚上送一次。

两口子吃不完用不尽，就抬到街上去卖钱，小日子过得非常滋润。

四

大呆老婆有了钱之后，啥活也不想干了，整天梳妆打扮，坠金子，戴银子，对钱一点也不在乎。大呆叫她省着点，她就是不听；叫她把孩子看好，她也不像从前那样用心。

有一天，孩子歪哒歪哒刚会走，被一只母狼叼走了。大呆发现，跟屁后①就撵，撵了几里地也没撵上。村里人听说后，

---

①屁后：方言，后面的意思。

都帮助去上山找，找了两天也没发现孩子的踪影。大家猜测，孩子肯定是被狼吃掉了。大呆这回是真的呆啦，每次嚎啕大哭之后就呆呆地坐在门前，像是疯了似的。

到了第三天上午，大呆坐在门前，看见被他救的那只老虎嘴里像是叼着一样东西，拖着重伤的疲惫身子，朝他家非常吃力地走过来。再仔细看，呀！这不是孩子的衣服吗？

大呆一眼就认出来是自己孩子的衣服。莫非是老虎把孩子救了回来？大呆猛地跑过去，没听到孩子的哭声，心里立即闪过一个可怕的念头：孩子会不会死了？等见到儿子后，他发现孩子好端端的，一点伤都没有，就是嗓子嘶哑，哭不出声来。

原来，叼走孩子的是一只产后不久的母狼。这天，母狼从深山里出来，碰到这个孩子独自一人在外面玩耍，顺便就把他叼走了。孩子吓得大哭，才惊动了大呆。母狼把孩子叼走后，并没有去吃他，而是把他留在狼窝里。据说，母狼产下幼崽后，也会变得善良起来，有时会把婴儿当成狼崽来喂养。

再说，那老虎一连两晚上都没有送东西来了。原来，老虎得知恩人的孩子被狼叼走后，就跑进深山找孩子去了。老虎找到了狼窝后，不顾一切地与群狼打斗。这些狼哪里是老虎的对手，有的被咬伤，有的被赶跑。不过，一虎难敌群狼。最后，虽然把小孩救了出来，老虎也受了重伤。

五

孩子得救了，大呆两口子欣喜若狂。可是，那老虎由于过度疲劳，加上伤口多处感染，倒在地上动弹不得。

大呆心疼地赶紧用淡盐水给老虎擦洗伤口，又找人把老虎抬进自家猪圈里，让它在那里养伤。大呆每天悉心照料，也不

见老虎好转,老虎一天天消瘦下去。

时间长了,大呆的老婆出现了不耐烦情绪,有时背着大呆骂那老虎:"天天伺候你,就像伺候'活老走'① 一样,有什么用?也不能出去捕猎啦,还耽误我们穷功夫。"

每每听到这些话,老虎脸上都会流下一道泪痕。

一天,大呆突然发现老虎不见了,马上像发疯一样到处找,终于在半山坡上找到它。可是,老虎已经死啦。

原来,老虎被大呆老婆骂了几次之后,感到拖累了恩人,便悄悄地离开这里。走到半路,体力不支,死了。

大呆伤心到极点,一边哭,一边挖了一个大坑,将老虎埋了起来。

老虎死了,大呆老婆心里一阵轻松:不需要再花工夫伺候了。可大呆老婆又觉得,把死虎埋掉太可惜呀。于是,她背着丈夫,找人悄悄地把那只死老虎挖了出来,剥下虎皮,取出虎胆,拔掉虎牙,剔掉虎骨,偷偷地卖了不少钱。

说来也怪,自从那女人做完这事后,身上长了很多毒疮,多次找郎中治疗,都不见好转,卖的钱也花光了。

有一天夜里,大呆梦见那只老虎趴在山坡上哭,说它现在身上一无所有,能卖的都被人家卖了,可还是觉得感恩未尽。又说,大呆老婆身上的毒疮,只有用它的胆汁才能治好,叫他明天早上去南山坡下面一棵大柳树上找,它的胆被一只鸟叼在上面。

大呆醒来后半信半疑,一大早就跑到南山坡那棵大柳树下面,果真找到了虎胆。

大呆将虎胆汁涂抹在老婆身上,只抹两次,老婆身上的毒

---

① 活老走:方言,家中老人的意思。

疮全好了。大呆内心感慨道：老虎呀，老虎，死了还在报恩，畜生都比有些人强。

大呆老婆也回想起取虎胆时的情景：当时取出虎胆放在一旁，稀里糊涂没有了，找了好一气①也没找到。经过这事后，她心里也在不停地忏悔，决定以后一定要重新做人，做一个心地善良的好人、一个知恩感恩的好人。

---

①好一气：方言，时间比较长的意思。

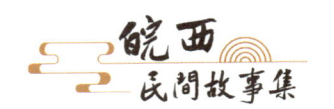

还是做善事好

一

从前，有一个叫大刘的人，常年靠打鱼为生。

一天，他在河里网上来一个东西。这个东西长得很奇怪，乍一看像个肉球，鱼类不像鱼类，龟类不像龟类。大刘不敢触碰它，就把它从网里抖到河里。

晚上，大刘做了个梦：白天被他打上来的那个肉球，自称是个女水鬼。她在大刘面前哭得很伤心，说她是五年前掉到那河里淹死的，至今没有找到合适的替身，所以，一直在这河里过着孤魂野鬼似的生活。白天，她在水里游荡时，突然被罩进网里，后来被大刘放了。她要答谢大刘的救命之恩。

大刘醒来，感觉这个梦做得很奇怪。他联想到白天发生的事情，没想到那肉球竟然是个水鬼。他越想越害怕，浑身直冒冷汗。他后悔不该给她放了，应该拿回来用刀剁、用火烧，免得它再去残害别人。可又想，已经给她放了，后悔也没有用了。是祸是福，顺其自然吧。

第二天，大刘仍去河里打鱼。第一网下去，就捞了不少鱼上来，看把大刘高兴的。接着，第二网、第三网，网网都是沉甸甸的。不一会儿，鱼筐就装满了。大刘心里猜测，可能是那个女水鬼在水下面帮助赶的鱼，才让他今天有如此多的收获。

从那开始，大刘天天打鱼都收获满满，小日子过得非常滋润。

二

过了一段时间，大刘又做了个梦。那女水鬼跟他说，近段时间，她有机会能够找到替死鬼了，叫大刘千万不要多事。

大刘半信半疑。第二天，大刘像往常一样，背着渔网来到河边。不过，这次他多了一件事，就是留心看看周围可有什么不正常的事情发生。

这时，河岸渡口的船上来了几个人。船撑出十几米远之后，突然刮了一阵小旋风，有个姑娘头上的帽子被吹到河里，那姑娘慌忙趴到船沿，用手去够，可帽子却被风越吹越远。

大刘看到后连忙大喊："丫头，千万不要去够，河里有水鬼。"他这么一喊，船上的那个姑娘立刻警觉了，也不再去冒险了。

大刘依旧每天来到河里打鱼，一边打鱼，一边观察周围动静。自从上次大喊女子不要捞帽子后，每天打的鱼跟以往相比，少了许多。大刘知道肯定是得罪了女水鬼。唉！得罪就得罪吧。打不到鱼不要紧，千万不能让她去害别人。

三

又过了一段时间，一个卖菜的中年妇女，在船上一不小心，"砰咚"一声，将秤砣掉进了河里。片刻工夫，那秤砣又漂了上来。中年妇女慌忙用手去够秤砣。大刘发现后立即制止

059

说:"那个大姐,秤砣掉下去就算啦。水下面肯定有什么东西在托着它,不然的话,秤砣会沉都①的,怎么会漂起来呢?"

大刘这么一说,那个妇女如梦方醒:是呀,秤砣是铁的,怎么会漂呢?不一会儿,秤砣又沉了下去。

到了晚上,大刘又做梦了。在梦里,那个女水鬼跟他吵了起来。女水鬼埋怨他不应该坏她的好事,两次投胎机会都被他考得②毁了。还说,这是阎王爷有意安排的。掉帽子的那个年轻妇女是一个不孝之女,女水鬼本可以找她做替身。掉秤砣的那个中年妇女经常坑人家,卖菜时不是缺斤就是少两,让她做替身也非常合适。最后,女水鬼说:"下次再有机会,大刘你一定别再管了。不然的话,我不知道什么时候才能离开这里。"

大刘心想:也是。所谓合适的替身,都是一些不仁不义之人,应该让她们也做一次鬼。

四

第三天,大刘不再打鱼了,他来到河岸边,坐在那里观察。

这时,有个年轻妇女在河边清洗衣服,旁边还有一个六七岁的男孩在玩耍。突然,大刘发现木盆不知怎的漂到水里,那女的慌忙下河里去捞。大刘本想喊话制止她,又想到梦里女水鬼叫他别再多管闲事,话到嘴边,又咽了回去。只见那女的不顾一切地向前用手够,水已淹到胳肢窝了,还没有够到。眼看就要出现危险,大刘一个箭步飞奔下去,准备下河救人。哪知道,那女的居然把木盆捞上来了。真是有惊无险,看来她不是

---

①沉都:方言,沉下去的意思。
②考得:方言,破坏、捣乱、作弄人的意思。

替死鬼。

过了几天,大刘在梦里再次遇到那女鬼。这次,她特别高兴,说她与大刘也是最后一次梦中相见了,明天她就要去投胎了,是给一个有钱人家做千金。前两次多亏大刘多事,没有去残害无辜,那两个女的虽然有罪,但也罪不该死,阎王爷主要是试探她的。两次试探,发现女鬼还有善心,算是积了两次阴德。而最后一次,女鬼表现得很好:当她把洗衣的妇女引诱到

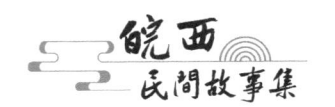

水里，正准备下手时，忽然看到河边有个男孩。她想，这女的死了，孩子怎么办呀？那男孩不就成了没有娘的孩子了吗？因一个善念，她放弃了这次托生的机会。其实，这个清洗衣服的年轻女子也有过错，她性格粗暴，经常打骂孩子，让她做替身也是阎王爷的安排。

  阎王爷三次试探，感觉这个女水鬼心肠还不错，就不再让她找替死鬼了。很快，就给她安排到一个富家投胎。再后来，阎王爷知道大刘更是个好人，本来大刘的寿命只有六十年，因为他两次救了人，就给他增加了二十年的阳寿。

葫芦瓢传家宝

腊月初八，孙家娶儿媳。午后，客人喝罢喜酒，纷纷散去。新娘子小芳独自一人到后院的厕所里方便。忽然，她听到与厕所一墙之隔的猪圈棚里连续发出"砰咚、砰咚、砰咚"的响声。小芳感到很好奇，便悄悄地来到那猪棚里，想看个究竟。

原来，棚里住着一个约摸七八十岁的老婆婆。她坐在地铺上，面前有一只空碗，上面放着一双筷子。那婆婆骨瘦如柴，双目好像已经失明，手里还拿个葫芦瓢，估计那"砰咚、砰咚、砰咚"的响声，就是她手拍葫芦瓢发出的。小芳看罢很纳闷，心想：这会不会是个要饭的？如果真是个要饭的，孙家人心肠还是真不错呢。虽然住的是猪圈棚，可也算有一个让她遮风躲雨的地方。

小芳悄悄地走上前问："老婆婆，前面在办喜事，你怎么不到前面去要点好吃的呢？"

瞎婆子说："想去呀，不敢呀。今个是俺孙子的大喜日子，我一心想去看看，可儿媳妇不准我去呀。估摸俺孙子正忙着，给我忘得一干二净。我都饿了大半天啦，也没有人送饭来。唉——"老婆婆长叹了一口气。

小芳一听，立刻明白了是怎么回事，赶紧跑到前面弄点吃的送到老婆婆面前。

老婆婆非常感动地问道:"你是哪家姑娘啊?心肠咋这样好?还专门弄饭给我吃。平时都是俺孙子给我送饭,他今天只顾忙去了。要不是你,我恐怕又要饿一天。"

　　小芳一阵心酸,她说:"奶奶,我就是你今天娶的孙子媳妇呀。你放心,以后不会让你在这里受罪了。"说罢,她趴到奶奶的耳边,嘀咕了几句。

原来,小芳婆婆孙李氏是个非常不孝的女子,她对自己的婆婆一直都不好。丈夫一年前死了,她更是变本加厉,干脆给婆婆撵到猪棚里住,一日三餐都由孙子送过去。老婆婆渴了或饿了,儿媳妇不准她大声喊叫,怕惊动邻居,传出去名声不好。孙子虽然孝心,可在母亲面前却是敢怒不敢言。为了不至于让奶奶忍饥受渴,孙子想了个办法,给奶奶弄个葫芦瓢,告诉奶奶,要是渴了就敲两下,要是饿了就敲三下。一年多时间里,几乎天天都是这样度过的。

第二天中午吃饭的时候,饭菜刚端上桌,就听后院里传来"砰咚、砰咚、砰咚"的响声。

小芳问:"婆婆,后院怎么会有响声?"

婆婆说:"嗯?大概是猪拱槽的声音吧。"

话音刚落,又是一阵猛敲的声音传来。这时,婆婆孙李氏显得有些不耐烦了,一把推开窗子,对着后院恶狠狠地说:"敲什么敲?饿死鬼托生的吗?"

老婆婆哪管这些,她按孙媳妇之前跟她交代的,不停地敲下去。

这时,小芳靠近窗子对外喊:"奶奶,轻一点,别把葫芦敲破了。要是敲破了,这个'传家宝'没有了,以后婆婆老了用啥呢?"

孙李氏听自己的媳妇这么一说,心里猛地紧张起来。莫非是儿媳妇知道了这个隐情?赶忙说:"别理睬她,活嘴死身子,天天只知道吃。我老了也不会像她这样。"

小芳趁势跟婆婆说:"娘啊,你可知道什么叫鸭子嗑瘪稻吗?每个人都有老的那一天。后代不孝,是老人的最大伤悲。

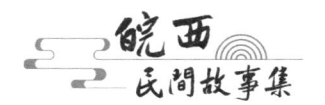

娘，你说是不是？"

孙李氏当然知道鸭子嗑瘪稻是什么意思啦，那叫"一报还一报"。将来自己老了，不能干活了，媳妇要是这样对待她，一点也不为过呀。孙李氏有点后怕了，更有些后悔，她红着脸跟儿媳妇说："小芳啊，是娘错了。我一定知错改错。儿子，赶紧把你奶奶接到屋里来。"

老婆婆被接回到家里来。孙李氏性格真的改变了许多，开始对婆婆孝顺起来，端吃、端喝，为婆婆浆洗缝补。每做一件孝心事，她都尽可能地让小芳知道，生怕儿媳妇将来对她不孝。

小芳把那葫芦瓢挂在堂屋的墙头上，在时时提醒婆婆的同时，也在时时告诫自己，百事孝为先，忠厚传家宝，希望孝心、爱心代代相传。

木头娘

一

"李春孝,娘活时不孝死了孝。"

这是民间一直流传的一句话,意思是李春孝的母亲在世的时候,李春孝不知孝敬;等娘死了以后,他才醒悟,知道孝敬。

李春孝的父亲是当地有名的中药师,据说掌握了不少祖传下来的秘方。他为人和善,医术高明,帮助过很多贫苦人家,那些穷人用药基本上免费。按他的话说,大多数中草药是他从山上采挖下来的,回来后洗净晒干,然后加工出来。这些药,不需要多少本钱,顶多花一点功夫。当地的老百姓对他非常敬重,只要提到他,个个都竖起大拇指。

李春孝的母亲也非常勤劳善良,倾心帮助丈夫打理药铺。丈夫每次采药回来,她都第一时间把药材洗净晾晒好,生怕受到一点损失。母亲对李春孝特别溺爱,就像人们所说的:捧在手里怕掉了,含在嘴里怕化了。孩子渐渐长大了,养成了好逸恶劳的坏品行。父亲叫他去采药,他说怕累;母亲叫他看药铺,他说怕急。李春孝整天游手好闲,过着衣来伸手、饭来张口的日子。为了管教孩子,夫妻俩没少争吵。

李春孝十九岁那年，父亲上山采药，不幸跌入山谷。很长时间后，家里才找到他的尸体。母亲悲痛欲绝，整天以泪洗面，恩爱的丈夫死了，唯一的儿子又是这样，她本来就不够坚强，最后哭瞎了双眼。

二

父亲死了，母亲眼也瞎了，李春孝从甜蜜的日子一下子跌入谷底。

这时，他偏偏又染上了赌博的恶习。俗话说："赌博是万恶之源。"这东西最容易败家，也能让人变成鬼。李春孝嗜赌如命，而且十赌九输。母亲不给他钱，他就以死相逼。拿到钱之后，李春孝成天成夜地赌，家里的积蓄很快就被他输个精光。

瞎母在家，他也不管不问，把母亲锁在家中，有时一锁就是好几天。一天，他从赌场回来，发现母亲竟然饿死在家中。李春孝如五雷轰顶，瘫坐在地上，抱着母亲的尸体痛哭不已。可惜，这一切都晚了。乡亲们都骂他不孝，见到他就像见到瘟神一样，躲得远远的。

渐渐地，李春孝开始醒悟，他觉得对不起死去的母亲，常在母亲的坟前哭得死去活来。大家看到他那样，纷纷指责他：母亲活着时，没看到你有什么孝心；死了，干哭有什么用呢？做给谁看呢？可不管别人怎么指责他，他还是隔三差五地跑到母亲坟地痛哭一场。他深知是赌博害了自己，让他倾家荡产，让他把母亲锁在家里活活地饿死。李春孝真心地向死去的母亲忏悔，发誓再也不赌博了，重新做人。

李春孝开始振作精神，但思母和愧疚的心情一直挥之不去。他找到一个工匠,精选一块木料做个木头娘,上面刻着"李春孝之母"。他天天背着木头娘,从不让娘离开自己的视线,干农活时把木头娘放在地头,上山采药时把木头娘背在身上。

三

有个夏天的晚上,天气突变,雷电交加,炸雷一个接着一个。雷好像就在屋顶上打个不停,房子都在颤动。李春孝有一种不祥的预感。就在这时,一道耀眼的闪电划过天空,接着"咔嚓"一声响雷,房子着火了,一瞬间大火吞噬了整个房子。

李春孝背着木头娘不顾一切地冲了出去,"咔嚓"又是一雷,李春孝被震晕在地。等他醒来后,木头娘压在他的身上,他心里清楚是木头娘救了他。

打那以后，李春孝对母亲更加知恩图报了。每到初一和十五，他就背着木头娘到母亲的坟地里烧纸上香。

房子和家用物件全被雷火烧掉了。李春孝想投靠亲戚，可是没有一个亲戚愿意接受他，都离他远远的。好在乡亲们帮忙，他们念及李春孝父母当年为他们免费治病的情分，自发地筹钱筹物帮他重建了房子，还添置了一些日常用品。李春孝甚是感激，天天背着木头娘上山采药。但是，忙归忙，却没有什么收入：由于没有得到父亲的真传，采的药都是一些普通的药材，也不值什么钱，自己不会行医，只能把药材卖给别人混口饭吃。

四

一天，他去山上采药，途经一条大河。当时刚下过暴雨，河水猛涨，翻花叠浪。突然，有一少女从桥上落入水中，开始还冒几头，渐渐地就没有挣扎的力气了。桥上的人只是不停地喊叫，没有一个敢下水救人的。

这时，李春孝纵身一跃跳入水中，直奔落水女子而去。李春孝本来有些水性，加上背着木头娘，好像背着救生圈，很快游到那女子身旁。李春孝让少女抓住递过去的木头娘，奋力向岸上游去，很快游到了岸边。

被救女孩名叫小岚，是一大户人家的千金。这天，她随着母亲到山上寺庙里敬香，打着一把纸伞遮阳。过桥时，突然来了一阵旋风，桥面很窄，一下子把她旋到河里。母亲连忙呼喊救人，路过的人没有一个敢下去的。幸亏李春孝出手相救，否则后果不堪设想。

少女得救了，她的母亲感动得不得了，跪在地上给恩人磕头。过了几天，小岚的父母备着厚礼，带着小岚专程来答谢李春孝。好不容易才找到李春孝的家，发现李春孝一人生活，了解情况后，也颇为同情。俗话说："浪子回头金不换。"要是有个贤内助，说不定会像他父亲生前那样，成为人人皆知的好人。

五

那次上门答谢后，小岚的父母对李春孝有了好感，想把小岚许配给他。过了一段时间，他们专门找个媒婆到李春孝家里提亲。哪知道李春孝一口回绝，理由是高攀不起，不能带着小岚一起受罪，小岚应该找个门当户对的人家。

亲事被回绝后，小岚的父母倒没有什么，可小岚不依不饶，跟父母说非李春孝不嫁，理由是自己的命是他救的。而且，家里穷不要紧，只要人争气，没有混不好的，娘家也可以帮衬他一些。小岚决定亲自去找李春孝，把自己的想法告诉他。

小岚当年十八岁，长得端庄秀丽，饱读诗书，聪颖贤惠。虽然家境悬殊，但她有种感觉，李春孝是她生命和生活中的一部分，好像是上天注定的缘分。小岚找到李春孝，倾诉衷肠，李春孝万分感动，两个年轻人的心渐渐地贴在了一起。

婚嫁时，女方家主办，喜事办得热热闹闹。

一年后，小岚生了个女儿，一家人其乐融融。李春孝每天仍然上山采药，小岚在家相夫带子，操持家务。小岚对木头娘特别孝敬，专门为木头娘缝了几套衣裳。李春孝把穿着衣服的木头娘背在身上，感到无比幸福。

六

说来也怪，自从李春孝结婚之后，他背着木头娘上山采药，每次都满载而归，还有不少名贵药材。小岚也像婆婆那样将药材洗净晒干，然后进行加工。药的品种和数量增多了，李春孝像父亲那样开起了药铺，给穷人抓药也分文不取。

一天夜里，李春孝梦见了母亲。母亲告诉他，父亲的墓穴里有一本药书，叫他取出来交给小岚。

第二天，李春孝把父亲墓穴打开后，果然发现里面有一本药书。李春孝如获至宝，回来就把药书交给了妻子。小岚生性聪明，对这本药书特别感兴趣。看到里面有很多祖传的秘方，她就边学边教李春孝。一年多时间，李春孝完全可以行医了，来他这里看病抓药的人络绎不绝，生意日渐兴隆。

李春孝最擅长的是治"噎食疾"①，据说得此病的人最后连水都喝不下去，活活地被饿死。这年，宫廷里的太后得了这个病，皇帝下旨昭告天下：谁要能治好太后的病，要官给官做，要钱任开口。很多名医都不敢接这个诏书。

一天，本县的县太爷坐着轿子，专门请李春孝进京给太后治病。李春孝听说要去给太后治病，吓得两腿发软，说什么都不肯去。小岚在一旁劝导说："看来，你不去肯定不行。皇帝要是知道了，岂不要满门抄斩吗？治不好没关系，只要尽心尽力就行了。万一治好了呢？不说官呀、钱呀的，起码落个好名声吧。"

妻子连吓带哄，李春孝总算点头了。

---

① 噎食疾：方言，指食道癌。

七

临行前，李春孝认真走访了一些经他治好的病人，对治疗方法进行了梳理，心里多多少少又有些底。妻子怕他有什么闪失，决定带着药书，随同丈夫一起进京。

就这样，李春孝背着木头娘、带着妻子来到京城。皇帝亲自召见。李春孝心想：看来皇帝也是个大孝子。

太后长时间不能进食，身体非常虚弱。李春孝和妻子商量不能用药过猛，采取渐进疗法。慢慢地，太后的病情有了好转，终于可以进食。几个疗程下来，太后的病竟然被治好了。

皇上大悦，封李春孝为宫中御医官。李春孝不愿在京城里做官，恳求皇上让他回到家乡继续行医，那里的老百姓离不开他。

皇上又赏给他金银财宝。李春孝说：为太后治病是自己的荣幸，也是应该的，金银财宝不能要。

皇上心想：此人品行真好。天下的子民，若能都像他那样该有多好啊！皇上见他什么都不要，又见他时刻都背着木头娘，亲题"母仪天长，子孝地久"八个大字，做成牌匾赐给李春孝。

李春孝高高兴兴带着皇上赐给的牌匾回到家乡。回来不久，他专门为木头娘建了一个"慈母堂"，把皇上赐给的那块牌匾挂在正堂的上方，下面供奉着木头娘。

来这里拜见的人很多，一下子李春孝名声大振，成了人们心中的活菩萨。到末了，李春孝用他的医术和医德造福了当地的百姓。

以文招亲

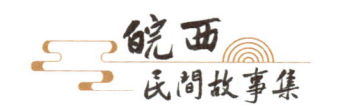

一

过去,教书先生教的都是私塾,到外地教书一般都要带个书童。当书童有两个好处:一来是帮先生拿拿东西,搞搞服务,工作比较轻松;二来是跟在先生后面学文识字,不需要交学费。

有个教书先生带的书童是他的亲表弟。表弟名字叫张春,年方十八九,长得一表人才,也很机灵。只可惜,一天学堂都没有进过。父母寻思着,何不利用他这表兄的资源,跟在后面学点文化,将来说不定还会有点出息呢。

一天,表兄和表弟走在去学堂的路上。路过一片林地,面积很大,里面什么样的鸟都有,叽叽喳喳地叫个不停。这时,突然飞来一只大雕,林中的鸟顿时不再叫唤了。

先生叹道:"一鸟进林,百鸟无音。"张春把这句话记在心里。

又路过一个庄子,看到有个农妇给老母猪喂水。母猪嗅一嗅,闻到盆里不是饲料,一嘴将盆水拱泼一地。农妇气得直骂:"该死的,活过月①啦?"

先生听罢又叹道:"见水不喝,一嘴拱泼,死猪一个。"

张春觉得表兄确实有才,见景生情,出口成章,跟他后面一定能学到很多东西。张春把这句话也记住了。

二

---

①活过月:方言,骂人的话,活够了、要死了的意思。

不知不觉，二人来到途中的一个集镇上，看见街口处围了不少人，叽叽喳喳地议论着什么。他们两个也挤过去看热闹。

只见墙上贴着一个告示，旁边有介绍情况的，也有看场子的。近前一看，原来是一张以文招亲的告示。过去，男女婚姻都靠媒婆说亲，像这种以文招亲，确属罕见。

贴出这张告示的是一位老员外。他有个小闺女，自幼就习文练武。女孩子已到婚配年龄，说亲提媒的来了好几拨，没有一个让老员外看中的。老员外的想法，一定要找一个有学问的乘龙快婿。为了抬高门槛，他亲自出马到京城，找一个会写梅花篆字的高人，写了这张告示。他认为，能认识梅花篆字的人不多，既能认得又能读出来的，学问肯定不会浅。

表兄凑到近前，只见那告示标题上写着"以文招亲"四个大字。内容为："小女十八春，刚到婚配龄；张罗好几个，就是不称心。小女有心愿，找个学问人；不图门庭显，年龄要相近。以文来招婿，才貌次第定；能读此首诗，姻缘许能成。"

据说，告示贴了好几天，没有一个人敢接的。前来凑热闹的不少，但能"揣"出几个字来的人不多，就连那些老夫子也难以读出。很多人看罢，摇摇头走了。

表兄看罢，哈哈一笑："我说是搞啥子的呢？原来是以文招亲呀。这上面的梅花篆字写得倒是不错，就是内容写得不咋地。"

张春很好奇，把表兄拉到一旁，问墙上贴的是什么。

表兄叹口气说："唉！告示的内容讲得再好，也轮不到我了，我们只能看看而已。"讲完后，又叹道："盘古开天至今朝，梅花篆字很稀少，老夫看了也摇头，年轻夫君哪里找？"

张春很机灵，他理会是什么意思了，心里顿时有种莫名其妙的感觉。他纠缠表兄，叫他把告示上的内容和刚才说的话，再讲给他听听。

表兄又重复说了一遍，半开玩笑地跟他说："莫非你也想那个好事？"

张春的脸腾地红了起来，心想：上面讲的，年龄要相仿，看来表兄年龄过了，我的年龄正合适。我若能把告示背下来，说不定还可以蒙个老婆回去呢。

张春一路上把表兄说的话背得滚瓜烂熟，不明白的地方就反复询问表兄是什么意思。表兄被他问烦了，就冲他来一句："你是董卓老弟——董（懂）熊。"《三国志》中有个人物叫董卓，表兄顺便说了一句歇后语。

张春把这个歇后语也记在心里。

三

到了学堂，张春谎称说家里有急事，急着要回去。

表兄问："啥急事？刚来就要走。"

张春支支吾吾地不肯说出。

表兄猜测他一定还在惦记那以文招亲的事，暗笑他是癞蛤蟆想吃天鹅肉，搞不好连天鹅尿都闻不到。唉，走就走吧，由他去吧。

张春急切地赶到那街上，告示仍然贴在那。看热闹的人依然不少，大家窃窃私语。张春来到近前，大声地朗读起来。

这一念把大伙都惊呆了，尤其是那两个看场子的兴奋得不得了，好像遇到了财神爷，高兴地说："我们守了这些天，总算是遇到高人了。这位公子，快快随我们到府上见老爷吧。"

两人带着张春来到府上。老员外见张春穿着不咋地，人长

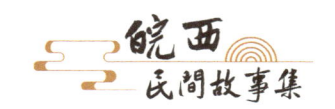

得还是蛮精神的,便问张春姓啥名谁,家住何地,在什么地方上的学。张春一一作答。老员外又叫他把告示上写的内容再读一遍,张春念的跟背的一般。老员外直点头,张春也自感满意,心里想:这下也许有点谱了。

老员外问完话,叫张春写一篇梅花篆字,喊人拿来笔墨纸砚。张春顿时傻了眼,心里想:完了,完了,快露馅啦。他连一般的字都写不出来,别说写梅花篆字啦,岂不是"小鬼晒太阳——影子都没有"?

四

张春硬着头皮答应下来,盘算着先来个缓兵之计。张春说他写字有个习惯,必须酒足饭饱之后才能写。他准备吃饱了、喝足了,再想办法溜跑。

老员外依了他,中午有酒又有菜,一番好招待。

吃罢饭,张春一个人在屋里,拿起笔在纸上画来画去,可是咋画都不像。想偷跑吧,外面都是人,无法脱身。情急之中,突然发现墙上趴个大蜘蛛。哈哈,有办法了,何不用蜘蛛蘸上墨水来画。

张春小心翼翼地捉住那只蜘蛛,蘸上墨水在纸上按了起来。你还别说,真有点像梅花篆字,至于是什么字,鬼也认不得。蜘蛛爪子按到最后,不是缺胳膊就是少腿,正好看上去不像同一个字。

老员外看到张春送来的字,乍一看,一行一行的挺好看,细瞧瞧,一个都认不得。于是,差人到街上,找那些有学问的老夫子来府上认字。

大家看后都摇摇头,叽叽喳喳,议论纷纷。有人说:"此人学问太深,不是吾辈能看懂的。"有人说:"这不像字,倒像鬼画符。"

五

这时,张春进到屋来,室内立马没了声音。张春趁势说道:"一鸟进林,百鸟无音。"

先生们猜测面前的这个人,一定是老员外以文招选过来的后生吧,语出惊人,咄咄逼人,看来学问不浅。

有个老夫子紧张地把手中的茶抖落下来,洒了一地。张春又道:"见水不喝,一嘴拱泼,死猪一个。"

那个老夫子挨了骂,心里憋着火,想找找茬子,就问:"我们只知道大篆、小篆、梅花篆,敢问公子,你写的这是什么篆?我看你是阎王爷贴布告——鬼画符。"

张春接着一句:"你是董卓老弟——董(懂)熊。我这不是大篆、小篆、梅花篆,这叫蜘蛛篆,你懂不懂?"

大伙听罢面面相觑,都说从来没听说过蜘蛛篆。

张春又说:"你们不信了吧?来,我念给你们听听。"说完,张春拿着那张被他按过的纸,装模作样地读起来:"瘪鼓开天至今朝,蜘蛛篆字很稀少;老夫看了也摇头,年轻夫君我正好。"

张春把之前背诵的话调整了一下。由于过于紧张,他把"盘古"这个词给忘了,印象中反正有个什么鼓。鼓的形状不是扁扁的、瘪瘪的吗?所以说成了"瘪鼓"。

老夫子们哈哈大笑起来:"你说错啦。是盘古开天,不是瘪鼓开天!"

张春也感觉自己可能说错了。他急中生智回答道:"哎呀!

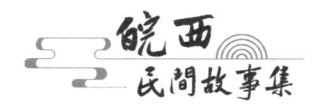

你们连这个都不知道啊,瘪古是盘古的老子呀。"

老夫子们听罢,个个赞叹不已。这个后生太厉害了,年纪轻轻的,知道的那么多,就连盘古的老子叫什么都知道。看来,我们真是不如他啊。

老员外乐啦,认为真的找到了心仪的贤婿。于是,选了个黄道吉日,把女儿嫁给了张春。

俩学子抽签

从前，有一高一矮两名学子进京赶考。路过一座大庙时，俩人准备进庙歇歇脚，顺便到里面看看玩玩。

进庙后，来到一座大殿里，只见大殿门内的西侧有一抽签处。一个面色红润、体型微胖的老和尚端坐在一个长形条桌内，面前摆着一大本签书，正在慢条斯理地给抽签的人解签。桌子两边还贴着一副对联，上联是"欲知未来事"，下联是"一签解真情"。

凡是到这里抽签的，须先买一炷香，点燃后放在香炉里，接着跪拜在佛像面前，两手合拢于胸前，微闭双目，对着大佛许下心愿，祈求菩萨保佑，然后到签桶里随意抽出来一根签，测一测今后的运气和走势，包括婚姻、求子、求学、前途、财运等。抽签之前，老和尚先要把签桶摇晃几次。签上标注有不同的文字，大师会对照文字，查找书里解签的内容。签书里的内容，大师绝大多数都烂熟于心，一般无需翻书，就能告诉抽签者是祸还是福。

俩学子见到抽签挺有意思的，也想抽上一签，看看此次赶考前途如何。

老和尚忙问："两位小施主，想抽签吗？你们从何地而来，又到何地而去？"

高个子学子答道："我们俩从家里来，前去京城赶考。路

过这里,想抽支签看看。"

大师说:"那好吧。你们先去烧个香、许个愿,然后再来抽吧。"

俩学子按照老和尚吩咐,先烧香,再许愿,之后来到抽签处。老和尚把签筒摇了又摇,晃了又晃。高个头的先抽,抽出一只上面写个"串"字的签,恭恭敬敬地递给老和尚。

老和尚一看,惊讶地说道:"呀!这是个喜签呀。"

一听是喜签,俩学子忙问作何解释。

大师说:"串字是由两个'中'字上下连在起来,意思是连中,你这次去赶考必中无疑。"

高个子高兴地跳了起来。矮个子听罢非常羡慕，心想：我也能抽出这只签就好了。

老和尚把高个子抽过的签放进桶里，重新摇动起来。在摇的过程中，矮个子始终盯着那根签的位置。于是在抽的时候，他果然把那个"串"字签抽了出来，忙递给大师，高兴地说："大师，大师，我也抽个'串'字签。"

老和尚接过签，摇了摇头，叹口气说："唉。你这是凶签呀。我劝你还是不去赶考为好。这次去，不但考不中，恐怕还会生意外。"

矮个子一听火了："你这个老和尚，讲的是什么话？他抽的'串'字，你说是喜签，必中无疑。我抽的同样是那个签，怎么就变成凶签了呢？要是不给我解释清楚，我绝饶不了你！"

老和尚不紧不慢地说："小施主，你别激动。你听我给你解释。他是无心抽的'串'字，你是有心抽的'串'字。我在摇签的时候，观察你始终盯着那个放进去的'串'字签。你是有心抽到的，对吗？你想想看，'串'子下面有个'心'字，不就是个'患'字吗？你又是最后一个抽的，那叫'后患'无穷呀。"

矮个子听大师这么一解释，心里立刻凉了大半截，也不再说什么了。

两个人走在路上，一个喜，一个忧。矮个子一路上都闷闷不乐，"患"字的阴影始终在他心里挥之不去。进到京城参加殿试后，高个子果然中上黄榜，考了个"榜眼"。矮个子不但没有考中，夜里还突然得暴病死了。后来人们分析，可能是听老和尚解签后，一路上心情不好，加之旅途劳顿，考试又紧张，心脏出了毛病，不然怎么会死呢？

渡船相遇

一天,在大沙河摆渡的小伙子船上,来了三个人。巧的是:一个是文状元,一个是武状元,另一个是个美少妇。只见那少妇风姿绰约,美若天仙,正是:人见不走,鸟见不飞,老山羊见了也咩嘿嘿。从她那穿着和气质来看,估计是来自一个门庭显赫的家庭。

几个人在船上各怀心思。文状元和武状元不时地把目光瞟向那个少妇，心里渴望她能够注意到自己。就连撑船的小伙子心里也是痒痒的：呀！从来没有见过像这样漂亮的女子，真是太美了！小伙子撑船的劲头也比以往大了许多。

三个人的神情，少妇都看得清清楚楚，但她却装着一副没看见的样子，目视前方，刘海随风飘动，显得更加妩媚动人。因为大家都是偶遇，很长时间静默无声，看着流水，陪伴着渡船流向远方。

还是那个文状元耐不住寂寞，首先打破沉默，开口道："今天，我们几个人遇在一起，同坐在一条船上，也算是一种缘分吧。大家都不说话，有啥意思呢？倒不如我们每人作一首诗，然后表达表达各自的想法。"其实，文状元想显摆自己的学问，以博取少妇对他的好感。

武状元又何尝不是这个想法呢？第一个表示赞同。少妇心想：也是，大家在一起说一说、笑一笑，总比这无言相处的尴尬场面强得多吧。于是，她也跟着点点头。

武状元对文状元说："既然是你提议的，还是你先说吧。"

这时，文状元不再客气了。他目光对着少妇，想借此机会表现一下自己的才学。他说道："小小毛笔尖又尖，写出文章一篇篇；十年修来同船渡，再修一会共枕眠。"

看来文状元是等不及了，竟然把修行百年才能成为夫妻改成只修一会就行了。说完话，他还瞟了一眼少妇，看她有什么反应。少妇只是微微地笑了一下。少妇心里很明白，这个文状元想占她的便宜，不过他说的还算文雅。

轮到武状元说啦。他亮出身份后，说道："金戈长矛尖又尖，练起武来一天天；不惧千军和万马，英雄难过美人关。"

少妇知道又是一个想占便宜的，特别是那后两句的意思，

千军万马都不怕，就怕过不了我这个美人关。我的魅力有那么大吗？心里顿时升起一种优越感和自豪感。

撑船的小伙子听了，感到这两个人不愧是文状元和武状元。心里想：要是自己不说两句，再也没机会在美女面前表现了。于是，他模仿着也来几句："长长船篙尖又尖，撑起船来一天天；今天走了桃花运，就是死了也心甘。"少妇听完，脸腾地红了。她想：文武状元想占便宜不说了，就连这个撑船的也是癞蛤蟆想吃天鹅肉。今天非来治治他们不可！

少妇理了理刘海，冲着三个人说了起来："绣花鞋头尖又尖，走起路来一天天；喜结良缘生三子，出了文武两状元。就是老三不长脸，打到河边去撑船；想把老娘便宜占，顶花黄瓜还嫩点；下次坐船再胡拈①，淹死你个王八蛋。"

三个人听了，个个都尴尬得要命。这美女太厉害了，不仅人长得美，还相当有才。自己虽然被她骂了一顿，但心里还是乐滋滋的。

---

①拈：方言，胡编乱造的意思。

作诗喝酒

一天,四个秀才聚在一起喝酒。桌子上只有一壶酒。过去,酒壶一般都是陶瓷做的,有壶把子和壶嘴子。人们喝酒时,把酒倒入小盅子里喝,喝完了再倒。

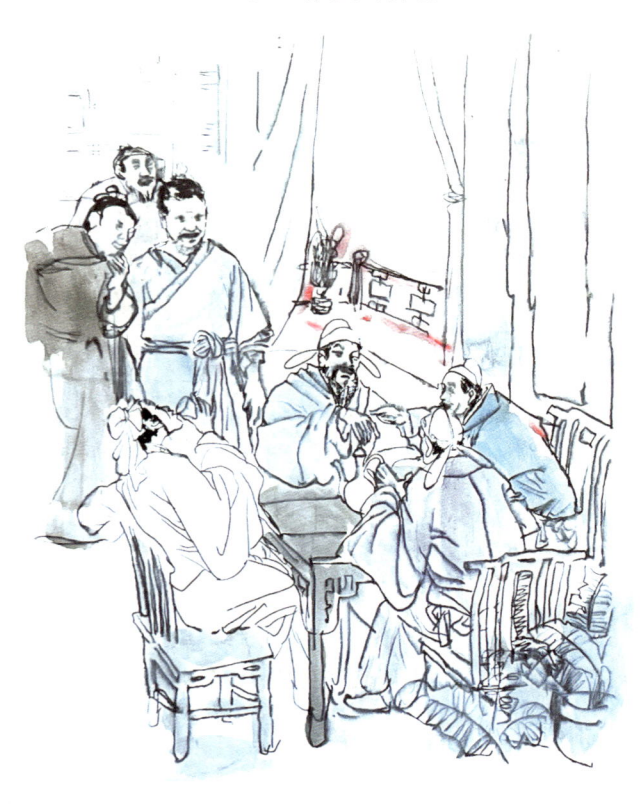

这时，有个秀才说："哎呀，就这么一壶酒，充其量也只有六七两。平均喝多没有意思，不如我们换种方式来喝，怎么样？"

其他三个秀才不知道他讲的是什么方式，忙问怎么个喝法。

这个秀才说："我们来个填字作诗。填对了，就可以喝一盅；填不对，不但喝不到酒，还要出酒钱。"

大家都是文人，作诗不是小菜一碟吗？饮酒作诗，自然很有乐趣。大家都赞同他的提议。

有个秀才问："既然是你提出的，你就说说怎么个填法？又怎么个作法？"

这个秀才说："那好吧，我来讲一下规则。我们每人作一首诗，四句话，每句话描述一个字，前后要连贯：什么字不透风，什么字在当中，什么字移上去，什么字喝一盅。"

大家听他这么一讲，都不太明白啥意思。有个秀才讲了："既然是你出的题目，你先来吧。"

出题的那个秀才说："也行，我先来说，算是抛砖引玉吧。要是讲得好，大家一定要鼓鼓掌啊！"

说罢，他清清嗓子，吟了起来："困字不透风，木字在当中，木字移上去，杏字喝一盅。"四句诗填得恰到好处。大家听罢，齐声鼓掌喝彩。不用说，这第一盅酒，他是喝定啦。先作诗的那个秀才端起酒盅，一仰脖子喝了下去。喝完后，他眯着眼睛看着其他三人。

有了第一个的示范，大家心里都有了谱。略停片刻，第二个秀才说："我想好了，你们听好：回字不透风，口字在当中，口字移上去，吕字喝一盅。"大家听他说的符合要求，一阵鼓掌。第二个秀才也美滋滋地喝上一盅。

接着,第三个秀才说:"我也想好了。田字不透风,十字在当中,十字移上去,古字喝一盅。"诗作得非常完美,众人一阵鼓掌。第三个秀才也喝了一盅。

轮到最后一个秀才啦。他想了好一会儿,容易说的字都被他们说完啦,还有什么字可以来作诗呢?想来想去,最后他大声吟道:"日字不透风,一字在当中,一字移上去,一口喝一盅。"几个秀才眨眨眼,觉得这个秀才最后一句虽然不怎么符合规则,但是挺顺口开心的,也算通过,一阵鼓掌。第四个秀才也喝下一盅。

四个秀才真的有才,人人都出口成章,并且都喝上一杯美酒。站在一旁看热闹的几个大老粗,也跟着在后面喝彩。还没等到第二轮开始作诗饮酒,有一个大老粗说了:"我看你们几个斗得怪热闹的。我要是作诗作得好,这酒岂①带我喝?"

秀才们一听,哈哈大笑。你个大老粗也想作诗饮酒啊?真是笑话!就对他说:"只要你说得好,剩下的酒都给你喝了。"

这个大老粗走上前,端起酒壶,对着酒壶大声说道:"酒壶不透风,美酒在当中,一口喝下去,省得磨洋工。"说着,酒壶嘴子对着嘴,"咕咚、咕咚"一气喝完。

四个秀才瞪大眼睛,面面相觑,都哭笑不得。

---

①岂:方言,可否的意思。

不见黄河心不死

一

很久很久以前,有一个小伙子名叫步剑,二十来岁,人长得很魁梧,天生一副好嗓子,歌唱得特别好听。每天早晨,他都在山坡上练嗓子唱歌。

山坡对面住一大户人家,家中有一小女,芳名黄鹤,与步剑年龄相仿,长得如花似玉。平时,姑娘足不出户,很守家风家规。她特别喜欢步剑的歌声,每当步剑唱歌时,就偷偷地打开阁楼上的窗户,远远地眺望这个小伙。步剑也能感觉到窗子后面有个美丽淑女的身影,所以唱得特别深情。如果有一段时间听不到步剑的歌声,黄鹤就像掉了魂似的。最让她好奇的是,步剑每次唱歌都戴着斗笠,让人看不到他的真实面目。那动听的歌声和半遮着的脸部,让情窦初开的黄鹤有点着迷。

步剑好几天没有到山坡唱歌了。听不到步剑的歌声,黄鹤整天饭不想吃、茶不想饮、觉不想睡,身体日渐消瘦。

父母请来郎中,郎中也看不出是什么病。一家人急得团团转,问黄鹤身体哪里不舒服,她死活摇头。

这时,有个老女仆悄悄地跟太太说,小姐得的可能是心病,病因来自那个唱歌的小伙子。她把前前后后观察到的情况说了出来。

　　老爷和太太恍然大悟。老女仆又说，解铃还须系铃人。要想治好小姐的病，必须找到那个唱歌的人与小姐见上一面。

二

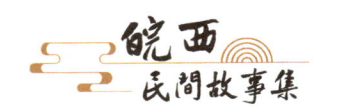

老爷和太太忙差人去找步剑，找了好几天才找到他。原来，那步剑唱歌出了名，被县太爷请去唱歌了，一唱就是大半个月。当知道是让他回去给黄府小姐唱歌时，步剑心花怒放。他当即决定跟来的人一块儿回去，任凭县太爷怎么挽留，也留不住他了。

到了黄府，步剑仍头戴斗笠。旁人让他把斗笠摘下，放在一边，他死活不肯。

黄鹤听说把那个唱歌的小伙子请到家里来了，病情顿时好了一半。当听到那曾经让她魂牵梦绕的歌声时，黄鹤的脸颊立刻泛起了红晕。真是神奇了，老爷和太太高兴得不得了。

按照当时的规矩，小姐只能隔着半透明的帘子听歌和看戏。当近距离看到这个英俊潇洒的小伙子时，她更是怦然心动。

步剑隔着帘子，也能清晰地看到小姐的芳容，心里感叹：呀！长得真俏巴①，美若天仙。今天能专门为她唱歌，真是前世修行得来的福分。步剑心里像蜜一样甜。

步剑唱罢歌，给在场人深深地鞠了一躬。不知是过于激动还是动作过猛，一弯腰，头上的斗笠掉了下来，一下子露出了又秃又尖的脑袋。

这让在场的人大跌眼镜！怪不得他始终戴着斗笠，原来是这么回事。黄鹤看到后，心里突然凉了大半截，转身就回到阁楼上去了。步剑也十分尴尬，心想：完了，完了。唉，这真是

---

①俏巴：方言，好、漂亮的意思。

倒霉透了，自己怎么会有这个秃头。

三

步剑回到家里，就像泄了气的皮球一样。他深知黄鹤不可能嫁给他了，无论是她的家庭还是才貌，自己都高攀不起。他想，当黄鹤发现他是个秃子时，定是"豆腐渣唤鹰——头都不回"。唉，要是再知道他家里穷得叮当响，那更是"小鬼晒太阳——连影子都没有"了。光凭好听的歌，想要得到她的芳心，根本不可能。步剑失意极了。

但步剑仍不死心，隔了两天，又鬼使神差地跑到黄府对面的山坡上去唱歌。可是无论怎么唱，也找不到原来的灵感。特别是看见对面阁楼窗户一连许多天都关得严严的时候，他的心情糟透了。他在心里呼喊：黄鹤呀黄鹤，你就不能把窗子拉开一点点吗？让我最后看你一眼也行呀。

只可惜，步剑连这一点点小小的希望都不能实现。他每天除了失望还是失望，被相思之苦害得不能自拔，人瘦得皮包骨，整天神情恍惚、胡言乱语，最后一病不起，大半年后死了。

步剑死后，黄鹤不久就知道了消息。黄鹤心里也明白，步剑是因为她而死的。为此，她还内疚了很长一段时间。

四

再说步剑上次黄府唱歌之后，虽然有些令黄鹤失望，但她的心病却彻底好了，脑子里不再为以前的事所萦绕，生活恢复了平静。老爷和太太看在眼里、喜在心头，也知道女儿大了，

到了谈婚论嫁的年龄了，就寻思着给女儿找个好婆家。

说来也巧，前一段时间，县太爷到这个地方来办案，听说黄家有一闺女长得特别好看，并且知书达理，于是专门托一个资深的月老，为自己的大公子说亲。黄家能攀上县太爷这门亲事，自然求之不得。当年底，县太爷选个黄道吉日，就把儿媳妇娶了回去。

这年冬天出了怪事，有好几处人家到县衙门来报案，说是去世的家人安葬了之后，第二天发现坟墓被掘开，死人的心脏被人挖走了。这还了得！都说入土为安，人死了心却没有了，这怎么能让活人心安呢？一时间，这个地方被搞得人心惶惶，谣言四起。县太爷亲自出马，也没有把案子破掉。

这边案子没破，那边又有报案的，说刚死的步剑的心也被人挖走了。这可急坏了那些办案的人，个个都感到十分困惑。为什么要挖死人的心？挖心的目的是什么？要说有仇，难道说这些人家都跟他有仇吗？真是见鬼了。

五

原来挖死人心的是一个叫王小二的人。半年前，他得了痨病，人瘦得跟麻秆一样。王小二没有钱治病，他听巫医说，得了这病，必须吃十个死人心脏，病才能好，而且不能让别人知道。他便冒着缺德的骂名，去挖死人的心脏来为自己治病。他每次作案都十分诡秘，神不知鬼不觉的。他偷偷打听谁家死人了，埋在哪里，半夜里就悄悄地去作案。近段时间风声紧了，死者家人对坟墓看得特别严，有好几起他都无法下手。

步剑生前与母亲相依为命，母亲是个瞎子，晚上没有人看墓，所以王小二得手了。

王小二把步剑的心挖回去后，放在锅里，盖上锅盖准备煮吃。突然，锅里响起了美妙的歌声，把王小二吓了一跳。这歌声跟步剑唱的一模一样。真是奇怪了，死人的心脏怎么会唱歌呢？

王小二把锅盖掀开看看，一掀开，歌声没有了；再盖上，又唱了起来。反复试了几次，都是这样。王小二决定不再去吃它，干脆背着锅去集上卖起唱来。这一卖不打紧，却惊动了很多人，十里八乡的都来集上看热闹。锅会唱歌，而且唱得好听，真是不可思议。凡是来看热闹的人，个个都惊叹不已。

消息很快传到县太爷那里。一天，县太爷专门派人把王小二请到府上来唱歌，现场围了很多人。黄鹤和家里人也在其中，当她听到这熟悉而又动听的歌声时，心里猛然"咯噔"一下，莫非是步剑复活了？不对呀，人就是复活了，也不会在锅里唱歌呀。

黄鹤跟县太爷公公说，可否叫卖唱的人把锅打开看看。县太爷本来对这歌声就很熟，他也想看个究竟，便命令王小二把锅打开。可王小二磨磨唧唧地就是不愿打开。他知道打开后，不仅自己的营生没了，而且发现里面是个人心后，一定会联系到之前的案子，自己的麻烦可就大了。

但是县太爷叫打开，哪个敢不开呢？不开便罢，这一开把所有人给惊呆了，锅里是一个通红的人心，还在微微地跳动。一会儿，这通红的心变成乌黑色，也不再跳动了。

王小二慌忙盖上锅盖。这时，歌声也没有了，里面却传出话来："不见（步剑）黄河（黄鹤）心不死，见了黄河（黄鹤）死了心。破案就找卖唱人。"

远走高飞

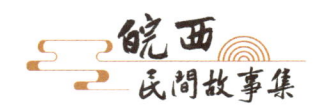

一

很久以前,凤凰山脚下住着一户姓赵的人家。男主人叫赵大,女主妇叫莲儿,家中有一个男孩叫赵宝,一家三口虽不富足,但日子过得还算平静。赵大身强力壮,为了让老婆和孩子过上好日子,他常年给王老财主家帮工,整天拼命地干活,目的就是多挣一点钱。老婆在家带带孩子,忙忙家务。孩子一年年长大了。

就在赵宝十一岁那年,赵大终因常年劳累,得了重病死了,撇下这对孤儿寡母。莲儿为了生计,不得不去王老财主家做女佣。可是,莲儿整日思念死去的丈夫,加上干的活又苦又累,不久得了痨病,也就是现在所说的结核病。这样一来,莲儿不但不能帮工了,就连治病的钱都没有着落。母子俩日子过得相当艰难。年幼的赵宝哪能承受这样的打击?父亲在世时那安稳的日子没有了,生活重担全压在他幼小的肩上,他跟母亲商量要去王家做童工,母亲实在没办法,就允了儿子。

王老财主是个黑心的财主,对雇工狠得要命。赵宝白天干活,早晚还要出去放牛,每天干活都在七八个时辰,挣来的工钱却少得可怜。母亲最终因无钱治病,不久就死了。赵宝向老财主苦苦哀求借了点钱，将母亲安葬。

二

安葬好母亲之后，他决定不在王家干了，便去山里打柴，过着饥一顿、饱一顿的日子。

一天，赵宝在山上打柴时，发现一只受伤的凤凰。只见那只凤凰长着一身美丽的羽毛，一条腿受伤了，靠着另一条腿着地。赵宝将它抱回家中疗伤。过了一段时间，凤凰的伤口痊愈，赵宝就将它放回山上。

没过多久，王老财主的两个家丁来逼还债，说是如果没钱还，就得去王家帮工，以工抵债。赵宝哪里有钱呢？一想到帮王家干活等于替阎王爷干活，赵宝又一次陷入绝望之中。他越想越感到生活迷茫，前途一片黑暗，就想一死了之。

他拖着沉重的脚步向山上走去，找到一棵弯柳树，想在这棵树上吊死算了。刚拴好绳头正往脖子套时，一只凤凰飞过来，用嘴把绳头啄开了。赵宝发现，这只凤凰跟他放生的那只长得一模一样。他心疼地将它搂在怀里，轻轻地捋着它的羽毛，对凤凰说："我已经走投无路了，你还来救我干啥？不如让我死了算了……"

凤凰见赵宝非常伤心，就来了个凤凰开屏，逗赵宝开心。

赵宝的心情稍稍平静了一些，心想：看来今天是死不成了。关键时刻凤凰救了他，说不定自己还有一线希望呢。

三

与凤凰分别后,赵宝回到家里,正准备到厨房里做饭,掀开锅盖,发现锅里有几个热腾腾的馒头。赵宝感到很奇怪,这是谁送的呢?思来想去,还是找不到答案。不管那些了,先填饱肚子再说。

接下来几天里,天天如此。赵宝打算不去打柴了,想躲在房内看看是怎么回事。中午时候,只见被救的那只凤凰飞来了。它在院子里打了一个滚,美丽的羽毛脱在地上,立刻变成了一个俏丽的姑娘,手提着篮子,快步走进厨房。不一会儿,她出来了,在羽毛上滚了一下,又变成了那只凤凰飞走了。

赵宝想,她一定是传说中的凤凰仙子,又叫凤凰女吧。她柳眉细腰,樱桃小口,脸蛋俏丽,怎么看都舒服,赵宝顿时心花怒放。

有了凤凰仙子天天送饭,赵宝生活的信心足了。特别是每次看到凤凰仙子,他心跳加速,激动得不得了。

一天,赵宝趁那女子去厨房的工夫,悄悄地把地上的羽毛藏了起来。凤凰仙子出来找不到羽毛,却看到赵宝不知何时回来站在那里深情地看着自己。凤凰仙子央求赵宝把羽毛还给她,赵宝哪里肯给!凤凰仙子没有办法了,只好随同赵宝来到屋里,两个人开始叙谈。

原来,那凤凰仙子半年前被王老财主的小儿子用弹弓打伤了,险些丢了性命。赵宝救了她,并把她抱回家中疗伤。她见赵宝孤苦伶仃,十分可怜,又发现他心地善良、为人憨厚,于是生起怜悯之心,打算将来一定找机会报答他。恰好遇到财主来逼债,赵宝想轻生,她便及时赶来相救。

她听了赵宝的一番伤心话后,同情之心油然而生,决定尽自己所能,让赵宝活得平平安安。

两个人越叙越投缘,越叙心越酸,两颗心竟然碰撞出爱情的火花来。就这样,两人生活在一起了。

过了几天,凤凰仙子又跟赵宝要羽毛,说是为了两人的生计,她必须出去。赵宝哪里肯给?他担心凤凰仙子跑了,不再回来了。他宁愿自己天天去打柴,也舍不得让她走。凤凰仙子无奈,只好依了他。

四

赵宝娶了个美女老婆,消息很快传到老财主那里。老财主气得要命:好一个赵宝,欠钱不还,居然还有钱讨媳妇!我看你是老公鸡下毛厕①——找屎(死)!

这天,老财主带着几个家丁来到赵宝家里。老财主一看赵宝媳妇竟然长得如此漂亮,顿时垂涎三尺,起了歹念。他逼着赵宝还钱,期限三天,还不上就拿老婆抵债。

赵宝这下慌了神,这可怎么办?老财主走后,赵宝垂头丧气,闷不作声。凤凰仙子安慰他:"不要紧的,到时候由我来对付,但必须把羽毛给我。"赵宝想:都到这个时候了,还顾虑什么呢?就把羽毛找了出来。

到了第三天,老财主带着一帮人,拿着借据,并在借款数字后面添上一个特殊的符号,等于赵宝欠了十倍的钱。老财主到了赵家,"嘭"的一声把那借据掼在桌子上,让赵宝看。就在这时,屋里飞进一只小鸟,瞬间把借据叼跑了。家丁们慌忙去追,哪里追得上?丢了借据等于无凭无据,老财主带着一帮人悻悻地走了。

老财主走后,凤凰仙子跟赵宝说,老财主绝对不会善罢甘休的。到那时,一切还是由她来对付,让他不要担心。

果然,老财主的家丁第二天又来了,这次来主要是抢人。几个家丁生拉硬扯把凤凰仙子推到轿子里,抬起来就走。赵宝跟在后面哭天喊地,跟了一段路,被家丁们打了回来。赵宝心里一万个舍不得,虽然老婆之前曾跟他交代过,让他别担心,

---

①毛厕(cì):方言,厕所。

但是，话这样说，自己心里还是没有底。怎么办？听天由命吧。

再说，四个抬轿的连忙往财主家赶。等快到家门口时，突然感觉轿子轻了许多。到了家，一掀帘子，人不见了。费了好大劲，最后却抬了个空轿回来，看把老财主气的！

五

借据没有了，抢人又抢个空，老财主打算换个方式。硬的不行就来软的，赵宝不是缺钱吗？就是花重金去买，也要把那女子弄到手。

过了几天，老财主亲自出马，带着一些金银财宝，来找赵宝商谈。赵宝哪里肯干？就是给他一座金山，他也不愿意呀。双方僵持了很长一段时间，凤凰仙子把赵宝叫到内屋嘀咕起来。

一会儿，赵宝走出房门，答应卖妻，便在契约上画了押，将财主的金银财宝收了下来。凤凰仙子心甘情愿地上了轿子。看把老财主高兴的，一路小曲哼到家。回家后，大摆宴席，庆贺一番。吃罢饭，正准备入洞房呢，突然发现新娘子不见了。慌忙派人到处找，找了很久也没找到。老财主又派人去赵宝家，却发现赵宝也不见了。老财主这回是人财两空。

之前，凤凰仙子把赵宝叫到内屋，主要是商量如何逃跑的事情。她跟赵宝说："你拿到钱，等我跟他们去了之后，立即就走，不要管我，我自有办法。到时候你远走，我高飞，我们去很远的地方过安稳的日子，让老财主找不到我们。你拿的钱本来就该属于你的，你的父母因在他家帮工而死，我也差点死在他儿子手里，我们不能就这样便宜他们了。"

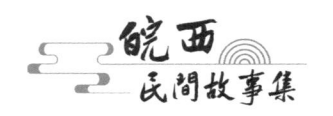

赵宝觉得老婆说得有理，于是就同意"卖妻"之事。赵宝按凤凰仙子跟他说的，带着钱财跑到百里开外一个偏僻的地方躲藏起来。之后，二人过着幸福平静的生活。

魔法女的爱情

小凤父亲是远近闻名的大法师。小凤聪明伶俐，自幼就跟着父亲学法术。到了十七八岁时，父亲的那点看家本事，她基本上都掌握得差不多了。

一

俗话说：女大十八变，越变越好看。小凤不仅脸蛋长得漂亮，身材也非常匀称，该凸的地方凸，该翘的地方翘。不少媒婆登门提亲，都被大法师一一谢绝了。法师有自己的考虑，他膝下就这么一个女儿，将来一定要找一个合意的"上门女婿"。

一天，有个毛头小伙来到这里拜师学法。小伙名字叫张春，二十刚出头，性格温厚，长得也是一表人才。他每天除了学法术，扫地、担水、劈柴，样样都干。大师对他是打心眼里满意。

过了半年，大师专门去打听张春家的情况。一打听，心里凉了大半截。原来张家也就这么一个独子，并且家境贫寒。不是说非要去找一个门当户对的人家，关键是男方愿不愿意"倒插门"。看来，这一点男方很难做到。这让大师十分纠结。

日久生情，小凤与张春渐渐地产生了情感。俩人在一起时无话不谈，有说有笑，俨然一对恋人。其他徒弟看到后，不免

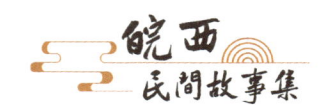

都有些醋意。

大师也觉察到这一点，心想：这怎么行呀？明知道不可能的事，绝不能任其发展下去。不然的话，到那时可真是竹篮打水——一场空呀。

有好几次，大师专门找到小凤谈话，叫她少跟张春来往。可小凤就是不听，并且非常任性。怎么办呢？直接赶他走吧，肯定不合适，这样不仅伤害了师徒感情，女儿肯定也会恨他的。唉！倒不如使用法术，逼他自己离开这里。

二

一天夜里，张春做了个噩梦，梦见自己被大水冲走了。那水面很宽，水流很急，他趴在一根木头上，一会儿被风浪打到水底，一会儿又浮了上来。他死死抱住那根木头，拼命地喊"救人呀""救人呀"，可怎么也喊不出声来。

张春吓出一身冷汗。他平时很少做梦，也从来没有做过像这样的梦。第二天起床，张春感到头昏脑涨。接下来每天晚上，都是同样的噩梦。几天下来，张春没精打采，人也变瘦了。

小凤见状，问他是不是身体不舒服。张春就把连续几晚做噩梦的事情告诉了小凤。小凤听罢，倒吸一口凉气，心里想：这一定是父亲使的法术。

小凤拉着张春来到他的房间，走到床前，探下身子一瞧：果然不假。床下正中央放着一碗水，碗上横着一根筷子。小凤轻轻地把碗端了出来，用手比画了几下，吹了几口气，告诉张春以后不会再做噩梦了。

打那以后，张春果然没再做噩梦。但他还是不放心，每晚临睡前,总要趴到床下看一看。

有了这次的教训,小凤告诉张春今后要格外小心,师傅无论叫他做什么事,都要在第一时间告诉她。

三

再说,大师观察张春前几天像掉了魂似的,知道是自己的法术起了作用。可是过了两天,张春怎么又恢复了常态,像往常一样精神起来了?他悄悄地过去查看,碗和筷子都不见了,心里琢磨一定是女儿捣的鬼。

又过了一段时间,大师安排张春到房后竹园里掰竹笋。张春马上把这事告诉了小凤。小凤听罢,皱了皱眉头,心想:父亲又要动法术了。

小凤跟他说:"明天你去掰竹笋时,我给你一捆丝线。每掰一把,你就用丝线扎好,然后挂到竹桠上。记住,一个都不能落下。中午听到我喊你的时候,一定要及时离开,千万不能回头。等跑出竹园,你再回头看看,就知道是怎么回事了。"

第二天上午,张春去了竹园,按照小凤的吩咐,每掰一把都小心翼翼地用丝线扎好,挂在竹桠上。快到吃午饭的时候,听到小凤的喊声,张春虽然手里还有半把竹笋,但也顾不得扎了,急忙将剩下的丝线和竹笋都丢在地上,转身离开了竹园。

张春跑出竹园,再回头往里一看:哎呀!那竹桠上挂的竹笋,全部变成了毒蛇,活蹦乱跳的,吐着细长的信子。条条毒蛇都被捆扎得死死的,无法逃脱。再一看,放在地上的那半把竹笋也不见了,有的是被扎住头部的蛇,有的是被捆住腰部的蛇,有两条蛇挣脱了,转眼间跑到草丛里。

这次虽然有惊无险,但张春还是整天提心吊胆的。他跟小

凤说不想再学法术了,再这样下去,不知道还会发生什么事来。

小凤怎舍得他离开?于是故意跟他说:"这是父亲有意教你的法术,到了一定时候就自然学成了。要想学到真本事,不经历一些险情,怎么能行呢?再说,现在走,不等于半途而废吗?"

小凤这么一讲,张春就无话可说了,听天由命吧。

四

又过一段时间,大师安排张春去水塘挖放水口子,说是给秧田灌水。张春又把这事告诉了小凤。

小凤感到父亲是招招紧逼,成心要拆散他们。此时,小凤对父亲由爱转恨:既然你狠心不让我们在一起,今后也别怪女儿不孝顺了。

小凤对张春说:"你不要害怕。等会儿,我给你一双绣花鞋和一根银钗。等土口子挖到快要出水时,你就把这双绣花鞋放到土口上,然后两只脚踩在两只鞋上,手里拿着银钗。这样,一切就安然无事了。"

第二天上午,张春扛着铁锹,带着小凤给的绣花鞋,揣着那根银钗,来到塘边准备挖口子放水。当土口子快要挖到出水时,张春把那双绣花鞋放到土口上,立即将两只脚踩在鞋上,又从口袋里掏出那根银钗。这时,土口子瞬间成了一条滚滚而流的大河,那两只绣花鞋变成了一条连体的小木筏,银钗成了划桨。张春稳稳地站在船上,用手里的桨划着水。不多时,船就靠了岸。

大师接连使用法术都没有吓走张春,心里明白,一定是小凤在暗中帮他。既然吓不走,那就直接撵他走吧,绝不能让他在这里久留。

五

一天,大师专门找到张春,明确告诉他不再收他为徒。

张春满口答应。唉!终于解放了。虽然法术没有学成,但是不用再这么提心吊胆地过日子了。唯独舍不得的是小凤,俩人感情已深。小凤不仅多次救过他,还教给他一些法术。

小凤得知父亲决意要撵走自己心爱的人,找父亲说了半天也不管用。

张春临走时,小凤送他一把雨伞,再三叮嘱:五里路之内,无论遇到什么情况,伞都不能撑开。张春记在心里,背着行李,拿着雨伞,依依不舍地告别了小凤。

走在路上,天气突变,下起了大雨。过往的行人,有的打着伞,有的披着蓑衣,有的戴着斗笠,唯独他拿着雨伞不用,淋得像个落汤鸡。路人纷纷议论:"真是个傻子!有伞不打,带伞有什么用呢?"

张春记住小凤叮嘱的那句话:无论遇到什么情况,伞都不能打开。但那些闲话,听起来确实让人难受。唉!不管那些了,反正自己已经离开了那个爱恨交加的地方。

张春顺手把伞撑了起来。这一撑不要紧,小凤从雨伞里滑落下来。小凤气得对着张春吼道:"叫你别撑,你就是不听。这下可好,父亲一定知道我跟你私奔了。赶快找个地方躲起来,不然我俩都会没命的。"小凤一边数落,一边拽着张春往前跑。

他们一口气跑到一棵大树下面。这时,雨也停了。小凤叫张春脱掉褂子,将事先准备好的两瓶鸡血泼在衣服上,然后把血衣挂在树上。两人躲在下面,静观事态的发展。

再说,大师正在修炼时,突然感觉右眼皮跳个不停。他掐指一算:坏了,小凤跟张春跑了。这还了得!自己的老脸面往哪里搁呢？宁可将她处死，也绝不能让她做出伤风败俗的事来。于是，他抓起魔法飞刀，准备杀掉这两个逆子。掐指算定方位后，他把魔法飞刀放了出去。

那飞刀在五里之内杀伤力极强，一旦锁定目标，基本上难以逃脱。但飞刀有一个特点，就是见血回头。小凤就怕张春走在路上会出现什么意外。临走时，她用隐身术躲进雨伞里，并带了两瓶鸡血以防不测。

一会儿工夫，那飞刀果然"嗖——"地飞了过来。飞刀割下血衣后，立即回了头。

张春和小凤又躲过了一劫。两人跑到很远的地方，相亲相爱，过上了幸福的生活。

贵妃逃难

一

唐末时期,宫廷里发生叛乱,妃子和宫女们四处逃散。皇帝的一个贵妃和她的贴身侍女随着逃难的人群逃到宫外,漫无目的地向前走着,渐渐地远离了京城。

由于事发突然,她们走时身无分文,就连换洗的衣服都没有来得及带上。一路上,两人吃尽了苦头,饿了,就到庄户里讨点饭来填填肚子;渴了,就在路边的池塘里捧点水喝。最难的还是晚上,两人住过庙宇,蹲过山洞。贵妃的身体本来就很娇贵,一段时间下来,人瘦了一大圈,身体也变得虚弱起来。好在有贴身侍女跟在身旁,患难之时有个陪伴比什么都好。特别是这个侍女懂事得很,一向对主子忠心耿耿,加之贵妃平时对侍女关爱有加,所以,侍女这时候更加尽心地照顾主子。但在这个非常时期,两人逃出来,是死是活前途未卜,只有听天由命了。

一天,主仆两人来到了珍珠庙,贵妃提议要与侍女结为姊妹。侍女开始不同意,心想:这怎么能行呢?与主子结为姊妹,岂不是乱了她的身份?

在贵妃的一再劝说下,侍女最后才勉强答应下来。两人跪在大佛神像前。贵妃十分虔诚地说道:"请求佛祖开恩,今日我与这妹妹结为姊妹,生死相依,荣辱与共,不求同年同月同日生,但求同年同月同日死。从现在起,我的名字叫黄珍,妹妹的名字叫黄珠,无论走到哪里,姊妹俩永不分离,有福同享,有难同当。"说完,两人一起磕了几个响头。

二

姊妹二人继续往前走，估计离京城已经有两百多里地了。一天早上，她们路过山边的一处小溪，溪流潺潺，清澈见底。姊妹俩在小溪边梳洗起来。正在这时，山上突然下来一股洪水，两人猝不及防被卷进洪水里。她们在水里拼命挣扎，可是叫天天不应，叫地地不灵，于是渐渐地失去了意识。

醒来时，她们发现自己已躺在床上。妹妹先醒，醒来后就大喊姐姐。姐姐也醒了，知道有人救了她们。

救她们的是一个挑夫，名叫郭四，是个快乐的单身汉，三十刚出头。此人忠厚老实，力气很大，常年靠挑山为生，上山挑粮食、食盐、布匹之类，下山挑柴火和一些山货。这天，他挑着两篮子山货下山，发现河边有两个女子躺在那里，头发凌乱，衣衫不整。他大声呼喊，没有应答，再用手试探两人的鼻息，还有一口悠悠气，估计她们是落水遇的难。郭四慌忙给她们压胸排水，又把篮子里的山货卸下来，把两名女子轻轻地放到篮子里，一股劲把她们挑回了家。

姊妹俩看郭四那个老实巴交的样子，知道他不是坏人，想答谢人家，无奈身无分文，只能说一些感激的话语。几天后，两人感到身体恢复得差不多了，怕拖累人家，就准备离开这里。

郭四看这两个女子不像普通人，问她们准备去何地。她俩也不知道要去哪里，只告诉郭四自己是逃难路过这里，不知要去何方。至于什么原因，却只字未提。

郭四听出了话音，非常恳切地跟她们说："两个妹妹，既然是逃难出来的，又没有去处，倒不如先搁①俺家住下，等太平之后再回去。只要你们不怕受委屈，住上一年半载的没问题，反正我常年在外不落家，家里又没有其他人，住在这里倒还清闲自在。"

郭四这么一说，黄珍和黄珠非常感动，特别是看到他那真诚的样子，庆幸自己遇到了好人。姊妹俩交换了一下眼神，就答应下来。

郭四每天照常外出挑山，每次挑山回来都带些粮食和山货。黄珍和黄珠在家忙忙家务。郭四回来后，饭菜都做得好好的，他感受到从未有过的幸福。

三

黄珍看郭四天天挑山很辛苦，估计家里的一点积蓄用得也差不多了。俗话说："宁少三斗，不多一口。"何况一下多了两口呢？黄珍想替他分担一点压力，就叫郭四把他挑的布匹留些下来，准备搞点刺绣让郭四拿去卖钱。

黄珍的刺绣功夫一流。她原名叫沈素珍，家住苏州，十六岁被当朝天子选中入宫。她琴棋书画样样精通，且心灵手巧，有一手刺绣的好针线活，加之人长得漂亮，而且温柔体贴，所以深受皇上的宠爱，由采女②开始，逐步封为贵妃，让其他妃子非常嫉妒。

郭四拿到集上去卖的绣品，一下子轰动了半条街，不一会儿就被抢购一空。看把郭四高兴的，回去后对黄珍夸个不休。

黄珍一听，心里更有底了，接下来，连天加夜地绣。妹妹

---

①搁：方言，在、安放的意思。
②采女：皇帝的低级妃嫔。

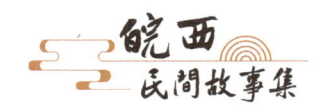

黄珠也帮助姐姐一起绣。郭四不再挑山了，每次卖绣品赚的钱，就相当于他半年挑山挣的钱。一年后，家里攒了不少钱，小日子过得非常幸福。

郭四为人憨厚实在，人又勤劳能干，姊妹俩对他都有好感。黄珍想把妹妹黄珠嫁给他，有时故意给他们留出单独相处的空间。时间久了，郭四和黄珠都有那个意思。姐姐看时机已成熟，就开始撮合起来。家里有的是钱，姐姐想：一定要把他们的婚事办得风光些。于是，选个黄道吉日，黄珍亲自操办，把喜事办得十分体面。

四

一年后，妹妹黄珠生了个男孩，一家人其乐融融。

也就在这一年，叛乱平息了，皇帝受到惊吓之后，得了急病，驾鹤西去，准备即位的太子也在战乱中丧生。十二岁的小皇子在忠臣良将们的簇拥下，登上了皇位。这个小皇子正是沈素珍所生，宫廷动乱时，一个守军将领将他救了下来。小皇子即位后，思母心切。因不知道母后是死是活，于是昭告天下寻找母亲。

一天，郭四在集上卖绣品，发现街头上贴一告示，上面画的人头像非常像姐姐黄珍，又听到别人的议论，回来后就把这个事告诉了妻子。黄珠听罢万分高兴，心想姐姐的苦日子可能到头了。她亲自随同丈夫去集上看个究竟。果然不假，就是寻找姐姐的。她赶紧跑回来，将这一喜讯告诉了姐姐。姐姐听罢，激动得哭了起来，自己的亲生儿子当了皇帝，能不激动吗？

妹妹跟姐姐说："赶快去接皇诏吧！"

姐姐黄珍却开始犹豫起来，一是外面的情况现在还搞不清楚；二是宫廷内那钩心斗角的日子她已经过够了，这里田园般的生活她已习惯了；三是姊妹两个发过誓，今生永不分开，她走了，留下妹妹怎么能放心呢？姊妹俩私下商议再等等。

一天，郭四照常去集上卖绣品，有个地痞来捣乱，不单来抢他的东西，嘴里还说了一些侮辱刺绣人的言语。郭四第一次听到有人用脏话伤害姐姐，怒火中烧，与那个地痞打了起来。那地痞哪是郭四的对手？三两下就被打倒在地。不巧的是，那地痞的头磕到石头上，顿时血流如注，不多时便死了。这还了得？人命关天，郭四知道自己摊上了大事，就主动到官府投案。

郭四被关进大牢里，黄珍和黄珠万分焦急。她们在当地两眼黢黑，找不到任何人可以帮忙。黄珍思来想去，为了恩人和妹妹，只有去找当朝的天子了。可自己贸然去找，万一出了什么岔子就不好办了。她叫妹妹黄珠包一辆马车，火速赶到京城去找皇上。临行前，她给妹妹一个绣有"双龙戏珠"图案的黄兜兜，并说：一定要想办法把它交到皇帝手里。

五

黄珠救夫心切，乘坐马车星夜兼程来到京城。她先找一个客栈住下，打听清楚宫中情况之后，扮成宫女混入宫中，最后通过一个熟悉的宫女找到了大内总管，恳请那总管把这个黄兜兜递给皇上。

皇上见到这个黄兜兜后，真是喜出望外，这不是自己母后所绣的吗？跟他小时候戴的黄兜兜一模一样！看来母后还活着，急忙问总管："这个兜兜从哪里来的？"总管说是一个宫女

让他呈上来的。

皇上传旨立即召见那个宫女,那宫女很快被带到皇上面前。皇上一看,这不就是母后的贴身侍女吗?慌忙问:"母后现在哪里?"黄珠简单地把姐姐黄珍的下落告诉了皇上。

皇上听后悲喜交集,立刻颁旨接母后回宫,十日内务必到京。圣旨下达后,朝廷又派十驾马车、五百个军士前去迎接,一路上浩浩荡荡,好不气派。沿途郡县张灯结彩,鼓乐喧天,接迎太后,场面盛大极了。

太后被接到宫内,母子相见,悲喜交加。母后还有一件重要的事情未了,就是妹夫郭四仍被关在大牢里。她把逃难期间前前后后发生的事跟皇上说了一遍,皇上听罢万分感动:郭四不仅是母后的救命恩人,还是母后患难时义结的妹夫,况且事发的原因不怨郭四,而是那个地痞寻衅滋事,死有余辜。于是,下令特赦了郭四。

妹妹黄珠是太后的义结姊妹,理所当然成了皇亲国戚。皇上考虑到郭四没有文化,不适合在京城做官,就封了他个侯爷,赐给他良田数顷。为了让黄珠与姐姐永不离分,皇上又让她一家留在京城,享受荣华富贵的生活。

懂得珍惜

一

佛门是一块净土,那里的所有生灵都在修行之中,包括一草一木。

一天,西天佛祖到一个寺庙里巡游,见到大殿走廊的檐梁上趴着一只大蜘蛛,上方还有一张蜘蛛网。佛祖便问:"蜘蛛,你是何时来到这个庙里的?"

蜘蛛见到佛祖来了,既紧张又高兴,心想:这回转世的机会来了。连忙回答:"仁慈的佛祖,小的来这儿已有千年。"

佛祖摆弄一下面前的佛珠,掐了一下手指,然后对蜘蛛说:"嗯,不错。看来你还要修行三百年。"

原来,这只蜘蛛是天上的黑虎星。一千多年前,它在人间的磨盘山上连害十三条人命。玉皇大帝派二郎神将其降服,把它变成一只蜘蛛,放到这个寺庙里修行还债,并请西天佛祖负责监管。佛界有规定:一条人命要在佛门内闭关修行一百年,十三条人命算下来至少需要一千三百年。物换星移,千年以来,不变的是庙下的小草,变化的是这由母老虎化成的黑虎星,她性格温顺了很多,也悟出了许多道理。

一天,蜘蛛像平时一样趴在梁上,静候着食物落网。这时，一阵长风，把一滴甘露吹落到网上。蜘蛛以为有猎物上网了，慌忙爬上去准备享受美食大餐，近前一看，却是一滴露珠。只见那露珠粘在网上，晶莹剔透，在微风的吹拂下，不断地变换着晶莹多姿的形态。蜘蛛平时在这里非常寂寞，突遇这滴露珠，心中非常喜欢。可是好景不长，过了一会儿，露珠又被风给吹走了。蜘蛛无可奈何，长长地叹了一口气，顿时有种失落感。

二

又过了三百年，佛祖再次来到这庙里。佛祖问蜘蛛："你在此修行了一千多年，应该有所感悟。我问你，你感悟最深的是什么？"

蜘蛛马上联想到甘露落网的事情，遂回答佛祖："让我感悟最深的是六个字：三个字是'得不到'，另三个字是'已失去'。"

佛祖听罢，点了点头，对它说："世间最珍贵的也就是'得不到'和'已失去'，你以后好自为之吧。"佛祖说罢，离开这里。

蜘蛛修行成功后，投胎到一个宰相家里做女儿，取名叫珍珠。随着时间推移，珍珠渐渐长大了，变成了一个亭亭玉立的大姑娘，不仅长得漂亮，而且秀外慧中、贤良淑德。

珍珠十七岁那年，有一天，新科状元甘鹿在皇宫接受皇上的御考。在场的除了文武百官之外，还有一些重臣的眷属，珍珠的父亲也把宝贝女儿带去长长见识。御考结束后，给人们印象最深的就是甘鹿的才艺和珍珠的美貌。大臣们都说，甘鹿才华出众，不愧为当朝的文状元；珍珠姑娘貌若天仙，气质非凡，堪称绝代佳丽。

在场的还有禾禾太子和长风公主。禾禾太子第一眼见到珍珠时，就被她的美貌深深地吸引住了，哪里还有什么心思欣赏文状元的才华？他眼睛直勾勾地盯着珍珠，把珍珠看得都有些不好意思了。

甘鹿呢？他发现场内有两个女子对他特别注意，一个是长风公主，另一个就是珍珠姑娘。每次回答完毕，两个姑娘鼓掌

的时间最长。

珍珠觉得与甘鹿特别有眼缘,好像在哪儿见过似的。甘鹿看她时,她会不由自主地脸红,小心脏也似乎急促地跳起来。一旁的父亲看得真切,心想:女儿长大了,对异性知己有追求了。父女俩回到家中,珍珠还沉浸在幸福的回忆之中。父亲悄悄地问了女儿,珍珠的脸就腾地红了起来。

三

宰相心想:甘露确实优秀,人有人才,貌有貌才,若成了自己的乘龙快婿,也是祖上有德了。他准备亲自找皇上赐婚。

几天后,宰相见到了皇上,皇上满口答应。正准备赐婚呢,不想,皇后驾到,请皇上给长风公主和禾禾太子赐婚:要长风公主嫁给甘鹿,要禾禾太子娶珍珠。可是,珍珠想嫁的是甘鹿啊!这下可把皇上难住了。

皇上经过再三考虑,认为还是皇后的方案最好:宰相的女儿嫁给太子,不比嫁给文状元甘鹿好得多吗?太子的老婆就是未来的皇后,谁不想有这个福分呢?宰相一家应该感恩戴德才是。

哪知道,宰相答应了,珍珠却死活不愿意。珍珠自从上次在皇宫里见到甘鹿后,心里只装着甘鹿。现在听说皇上把甘鹿赐给了长风公主,她伤心透了。圣命不可违呀!太子虽好,却不是她的意中之人。珍珠日思夜想,整天以泪洗面,躺在床上不吃不喝,身体日渐消瘦下去,御医看诊多次也不见好转。

四

再说,太子听说皇上赐婚后,珍珠想要抗婚,这不是自寻死路吗？他对珍珠一见钟情，心想：绝不能让心上人由赐婚变成赐死。于是，太子决定亲自到宰相府求婚。

一天，他带着宝剑来到宰相府，看到珍珠躺在床上，面容憔悴，说话有气无力，心疼得不得了。他掏心掏肺地向珍珠倾诉半天，见珍珠仍未回心转意，便"嗖"的一下拔出宝剑，把在场的人惊吓得直叫。太子突然把宝剑架在自己的脖子上，想以死相逼。

就在这时，家丁忙不迭地前来禀报，说外面来一郎中，自称能治好小姐的病。郎中被带到小姐的闺房，他要求房内其他人都离开，自己单独给小姐看病。

来的这个郎中不是别人，正是佛祖的化身。他将珍珠的灵魂穿越到修行岁月，跟珍珠说："看来你是悟到了，却没有做到。'得不到'和'已失去'不是同等重要和珍贵吗？你想想，甘鹿（露）本属长风公主，风给他带来，最后又给他带去。禾禾才是真正爱着你的，在你修炼期间，他是寺庙里的一株禾草，天天都在下面注视着你，而你高高在上，从未俯视过他。他关注你已有上千年了，你为什么不去珍惜这个姻缘呢？'得不到'的固然珍贵，能得到的不珍惜，一旦成为'已失去'，会遗憾终生。光懂不会做，又有什么用呢？"

听了佛祖的一番话，珍珠大彻大悟。她像做了一场梦，梦醒之后，立刻起了精神，梳妆打扮去见她的太子。

太子还在客厅里静静地等候，见珍珠出来时面带笑容，越发显得美丽动人。珍珠不顾羞怯，一把拉着太子的手，伏在太子的肩上。太子也高兴地伸出一只手臂，半搭在珍珠的腰间。幸福的笑容荡漾在两个年轻人的脸上。

后来，太子即位，珍珠成了皇后。

以死抗婚

一

小芳是刘财主家的二女儿，黑牛是平民陈家的独苗。两个孩子自小在一块儿长大，又在一个学堂里读书，可谓是青梅竹马，两小无猜。小芳一口一个"黑牛哥"，叫得可甜了。

刘家有田又有地，生活比较殷实。小芳自小就有叛逆的性格，她最看不惯的是父亲势利眼：要是遇到不好的年头，有些揭不开锅的人家想借点粮食度荒，父亲总是推三阻四的；对于那些沾亲带故的亲戚，勉强借一点，父亲也是三天两头催要，生怕人家还不上。

黑牛父亲懂得一些药理，经常去山里采草药，家里生活来源主要靠他卖草药获得的微薄费用。黑牛母亲长年有病，一家三口生活得比较困难。尽管如此，父母还是省吃俭用供黑牛去读私塾。黑牛学习很刻苦，《三字经》《百家姓》还有四书等，倒背如流。

令人意想不到的是，黑牛的父亲一次进山采药意外摔死，撇下孤儿寡母。

小芳对黑牛甚为同情，也很敬佩他，甚至是敬若神明，常常背着家长，用书包带些米面送给黑牛。这令黑牛母子俩非常感激。黑牛能回馈的，就是在学习上帮助小芳。

二

两个孩子渐渐长大了，由天真无邪的童伴，变成了相互爱慕的知己。

黑牛因家庭生活困难，不得不辍学在家。他拾起了父亲生前的营生，到山里采草药维持生计。只要有机会，黑牛与小芳就在后山的红枫林子里约会。有时，小芳也去黑牛家里，两人在一起有说有笑。小芳送给黑牛一方手帕，上面绣个"卿"字，意思是偕老共卿卿。这是她精心绣成的。

时间久了，小芳的父亲刘财主发现情况有些不对劲。他想：绝不能让女儿这样稀里糊涂交往下去了，一旦生米煮成熟饭，可就来不及了。于是，刘财主想方设法阻止女儿与黑牛交往。小芳根本不听她父亲那一套，继续与黑牛保持联系。

一天，小芳和黑牛约会时，刘财主带着家丁把黑牛给捆了起来，说黑牛偷采他家山上的草药，把他带到府中狠狠地教训了一顿。同时，也把小芳关了好几天。

黑牛母亲见他满脸是伤地回来，就问是怎么回事。黑牛骗母亲是自己不小心摔的。母亲发现他情绪低落，知道一定是出了什么事。在母亲的再三追问下，黑牛说出了实情。

母亲知道后非常心疼，就跟儿子说："儿呀，听娘的话，死了这条心吧。小芳是个好孩子，可我们家高攀不起呀。她的父亲是个势利眼，我们家穷得要命，他怎么可能把女儿往火坑里推呢？"

母亲的一番话，黑牛觉得也是，两家家境悬殊不说，单凭她父亲那一关就很难过去。黑牛痛苦地睡在床上，两天粒米未进。

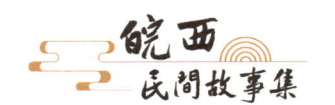

三

小芳被关了几天出来后,急切地要去找黑牛。黑牛有意回避不见她,这让小芳非常不理解。她把所有的怨气都发泄在父亲身上,在家里大吵大闹,几天不吃不喝。

刘财主气得要命,骂女儿伤风败俗,发誓就是死也不准她再与黑牛来往。他一边看守女儿,一边托媒婆替女儿找个门当户对的婆家。

说来也巧,王老员外有个儿子至今未婚,他家有钱有势,就是儿子是个"病秧子"。老员外一心想娶个儿媳妇来家冲喜。两家托的是同一个媒婆,一拍即合。尤其是刘老财主,自认为攀上了高枝,喜欢得不得了。

媒婆在小芳面前把王家夸得天花乱坠,可小芳就是死活不愿意。父亲在一旁不断敲打,说是媒妁之言、父母之命,怎么能违抗?就这样,这门婚事在双方父母的包办下定了下来。

王家出手确实大方,刚订婚就一掷千金,接着三天两头派人送钱送物去刘家。刘财主小算盘打得叭叭响,心想女儿嫁到王家,真是要名有名、要利有利,比嫁给那个穷小子强上一百倍。

四

订婚不到半年,王家就开始要媳妇了[①]。王家选了个黄道吉日,又备了些厚礼,前往刘家说日子。

---

①要媳妇:民间风俗,择日娶媳妇。

刘家自然也要做些准备，打被子，办嫁妆，选丫鬟，定伴娘，说着说着婚期到了。

这一天，王家公子骑着高头大马，身穿礼服，胸前戴着大红花，一路吹吹打打地来到刘家迎亲。新娘子穿着嫁衣，在随身丫鬟的搀扶下上了花轿。不过，大家看得出新娘子满脸愁容，好像刚刚哭过。

一路上，谁也没有料到轿子里会发生什么事情。到了王家大院，新郎一拉轿帘，一下子惊得直叫唤：新娘子紧闭双目，脸色苍白，嘴角流血，歪斜在轿内。

不好，新娘子死了。王家人顿时慌作一团，忙乎一气还是那样。

王老员外气得要命，抬个死人回来，喜事变丧事，这不是晦气吗？特别是自己的宝贝儿子身体还不好，这种晦气千万不能粘着王家，于是就命令抬轿子的把人再抬回去。

按当地风俗，没有拜堂之前，女的还是娘家人。王家这一做法，虽然有点绝情，但也能说得过去。

刘家非要坚持：女儿活是王家的人，死是王家的鬼。可王家根本不买他的账。没有办法呀，谁叫自己的势力不如人家呢，丧事只好由娘家来办。

五

当地还有个风俗，女的因婚姻死的，必须找个伴郎完婚，否则，娘家今后会遭逢厄运。可这个伴郎去哪里找呢？刘财主一筹莫展。

再说，黑牛知道小芳已出嫁，心上人成了别人的新娘，痛苦到了极点。接着，又听说新娘子死在轿子里，被抬了回来。

他发疯般地往刘家跑,想见小芳最后一面。

刘财主正愁找不到人替死女完婚。黑牛突然到来,刘财主有了主意。刘财主不顾颜面,亲自找黑牛谈,黑牛满口答应。

黑牛看到躺在地铺上的小芳,心如刀绞,眼泪唰地流了下来。黑牛问刘财主:"小芳是怎么死的?"

刘财主说,女儿是喝了砒霜,闺房里还有装砒霜的药瓶子。

黑牛摸摸小芳的手,感觉还有一点点热度,估计她的心还是热的,说不定还有救。就跟刘财主说,他要回去换件新衣服,再与小姐完婚。

黑牛很快回到刘府,面前戴着大红花,俨然像一个新郎。他跪在小芳的身旁,拉着她的手,趁人们不注意时,从口袋里掏出来一粒药丸子,悄悄地塞进小芳嘴里。

这是一粒解药,一般情况下,吃了它在一个时辰内就可以苏醒过来。黑牛等了一个半时辰,也不见奇迹发生。他拜完堂,依依不舍地离开了那里。

六

由于不是老丧①,不需要在家观灯做斋,刘家随便买口棺材,当天晚上就把女儿草草地丘②在山上。

半夜里,刘家看门的王老头听到有敲门的声音,就问:"谁在敲门?"

外面的人回答:"王叔,是我,小芳。"

王老头吓了一大跳,慌忙起身去禀告老爷,说小姐摸回来了。

刘财主哪敢相信?心想:莫非是她的阴魂回来了?哆哆嗦嗦地来到门后,当听到女儿有气无力的声音时,吓得死活不敢开门,哀求说:"女儿呀,爹知道你死得冤枉,这都是爹的错。你走吧,不要再缠着家里了,需要钱,我马上就烧给你。"说着就叫看门的老王去拿火纸来烧。

小芳估计父亲不会给她开门了,就跌跌撞撞离开家。

原来,小芳吃了那粒药丸子后,真的得救了。她苏醒过来时,睁开眼睛,什么也看不到;再用手摸摸周边,感觉像木板。她试探着想起身,可那里空间狭窄,怎么也起不来。就在这时,忽然有人给棺材盖子撬开了,飘进一股清风。小芳长长地叹了一口气,一下子清醒了许多。

这一声叹气,把外面那人吓得"嗷"的一声跳起来就跑。

---

①老丧:一般指六十岁以上过世者的丧事。俗话说:"七十三、八十四,阎王不请自己去。"即到了七十岁以上,人之死亡,属正常规律。人之老终,其家属虽甚悲切,但均按喜丧操办,年龄越大,仪式越隆重。

②丘:指"丘棺",地方风俗,人死后入棺,在野外临时把棺材护起来,再选择合适的日子正式安葬。

原来那人是个盗棺贼。

小芳强撑着从棺材里爬了出来,心里完全明白是怎么回事了。

小芳首先想到的是回家。身处荒郊野外的她,也顾不上害怕了,辨明方向后,就向家中走去。哪知道,父亲却把她当成了阴魂,死活不给她开门。

七

小芳跌跌撞撞地摸到黑牛家。

黑牛听到屋外小芳在喊他,以为是在做梦,揉揉眼,拍拍头,仍然听见小芳在喊他。黑牛感到不可思议,莫非是小芳真的活过来了?可转过来又想:就算活了,她又是怎么出来的呢?

黑牛母亲也听到小芳的喊声。老年人经验丰富一些。她披衣起床来到窗前,叫小芳把手伸过来让她摸一摸。老母亲一摸,高兴地说:"是活人,是小芳。黑牛呀,还不赶快开门!"

老母亲慌忙到锅房里,烧饭给儿媳妇吃。小芳把前后发生的事情向黑牛母子俩述说了一遍。

第二天一大早,黑牛把那丘棺场子恢复了原貌。

小芳身体恢复后,黑牛带着小芳去了岳父家。刘财主这才相信女儿真的活了,但他怎么也想不出会有这般奇迹出现。

消息很快传到王老员外那里。王老员外派人去了刘家,说他女儿是诈死的,故意骗取王家的钱财,除了要求退还财物外,还要赔偿精神损失费。如果不从,就把刘家告进官府,让刘财主坐牢。

刘财主自知斗不过王家,只好哑巴吃黄连,如数退赔。

小芳以死抗婚，一对有情人终成眷属。黑牛母亲常常烧香磕头，感谢老天对她家的恩赐。黑牛和小芳互敬互爱，日子虽然苦些，但他们感到无比甜蜜。

以诗断案

一

从前,有个教书先生叫王升,忠厚老实,心地善良。因学堂离家较远,王升很少回家。

这天中午回家,路过大沙河的河埂时,王升看到不远处的河滩上放着一筐蛤蜊,那筐里的蛤蜊被太阳晒得个个都张着嘴。王升心生怜悯,环顾四周,没有发现一个人,就把那筐蛤蜊倒进了河里。

过了半个月,王升回家。经过那段河埂时,王升无意中发现一件非常蹊跷的事,不知是谁在沙滩上写了几行歪歪斜斜的字。王升近前一看,像是一首四句诗:"破庙莫躲雨,油头莫要洗,斗稻三升米,苍蝇叫冤屈。"

王升看罢很是不解,虽然自己是个教书先生,但对这几句莫名其妙的诗,怎么也琢磨不透。句子之间没有必然联系。再仔细看看,有两只蛤蜊在沙滩上爬行,所爬的痕迹与沙滩上的字迹极其相似。王升更加心奇了,难道这首诗是蛤蜊写的?联想到半个月前放生蛤蜊的事情,心想:这里一定有情况,可能预示着将要发生什么事。

王升把这首诗反复看了几遍,记在心里。

二

又走了几里地，这时天气突变，顷刻间刮起了大风，下起了暴雨。路上有几个行人，慌忙跑到前方的破庙里躲雨。王升也往庙里跑。正准备进庙，忽然想起刚才那首诗里有句"破庙莫躲雨"，他又退回到雨地里，继续往家走。刚走了两步，破庙就倒了，先前的那几个人被砸在里面，不死即伤。王升算是躲过一劫。

王升到了家里。妻子王徐氏显得十分殷勤，赶忙给王升找了一套干净衣服，端茶倒水，忙里忙外。她又跑到街上割了两斤肉，看样子是准备晚上犒劳一下丈夫。

王升路上淋了雨，身体有点不舒服，晚上又被妻子多劝了两杯酒，与妻子都喝得晕晕乎乎的。他感到有些困乏，就想洗洗早睡。他掀开门帘，一不小心把门头上挂的桂花油瓶给碰了下来。这是妻子平时抹头用的头油——过去的女子习惯用桂花油抹头，发质乌黑发亮，再搽胭脂抹粉，油头粉面，显得好看。油瓶里的桂花油泼了王升一头，他正准备去洗，又想起那首诗里有一句"油头莫要洗"。唉！干脆不洗了，将就着睡吧。

三

一觉醒来，天已是大亮了。王生好像闻到屋里有一股血腥味，再一看，床上、被子上溅的都是血。王生大惊，直喊妻子的名字，没有应答。他骇得一骨碌爬起来，发现床的另一头，妻子早已身首异处，死在床上。

王升慌忙跑到衙门里报案。县太爷派人现场察看后，认定是王升所为。道理很简单，夫妻二人睡在一床，杀人这么大的响动，王升不可能一点察觉都没有。王升一定是怕吃官司，来个贼喊捉贼。

王升被押进死牢。一天，县太爷专审此案，可无论怎么用刑，王升死活不招，一个劲地喊冤。县太爷无计可施，等着结案，随即找来笔墨纸砚，准备直接给王升定杀人罪。这时，室内飞来一只苍蝇，围着县太爷"嗡、嗡"直叫。县太爷只要笔落纸间，那只苍蝇就飞过来抱着笔头，反复好几次。

这只挥之不去的苍蝇，让县太爷无法落笔，也非常不解。

县太爷预感到这里肯定有冤情，不能就此草率结案，于是再次提审王升，问："近段时间，可有什么蹊跷的事情发生？"

妻子被杀，自己无端坐牢受刑，王生满肚子的冤屈。经县太爷这么一提醒，他忽然想起蛤蜊留诗的事，便把前前后后发生的情况说了出来。

四

县太爷把四句诗仔细分析了一下，诗中有三句都应验了，就是"斗稻三升米"这一句不知何意。分析来、分析去，最后灵机一动，有了：一斗稻去掉三升米，不就是"糠七升"吗？

县太爷便问："王升，他家附近可有叫康其生的人？"

王升回答："有。就是集上一个卖肉的屠夫。"

县太爷一拍桌子："快把康其生给我缉拿归案！"

捕头带着三个捕快来到集上，发现有好几个肉案子，不知道哪个是康其生。因屠夫手里有刀具，捕头、捕快不敢贸然行事。侧面问了其他人之后，四人扮成买肉的，来到康其生案前，说要买三斤猪肉。康其生手起刀落，砍了一块甩过去。

捕头接过甩来的肉问："你这是多少啊？够不够秤？不称一下就甩过来啦？"

康其生一听火啦，冲着捕头说："你访一访、问一问，谁个不知道我康其生，割肉不用秤，钱数正合斤。"

另三个捕快趁康其生说话不备，快速将其拿下，五花大绑，送进大牢。

五

经过审讯，康其生交代了案情。王升的老婆王徐氏是一个

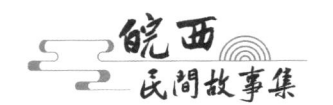

不守妇道的女子，丈夫长年在外地教书，而她时常到康其生的摊子上割肉。康其生见王徐氏有几分姿色，就起了歪心，见她是个贪小便宜的人，所以每次她来割肉都会多给她一点。一来二去，两个人就好上了。趁王升不在家，两人经常厮守在一起。时间久了，他们就做起夫妻梦来，合谋要把王升杀掉，但好几次都没有得手。这次王升回来，王徐氏借机去集上割肉，便与康其生密谋了一番——过去草菅人命的事件经常发生，官衙一般是民不告官不究。他们想把王升杀了，事后就说他突然得暴病死了。

半夜里，康其生手提砍刀潜入王升家中。没有亮光，无法判定床哪头睡的是王升。康其生心里十分紧张，他灵机一动有了主意，女人头上有桂花油的香味，男人一般不会有的。他悄悄地闻了起来。这一闻更加难以判断了，床的两头都有香味，其中一头的香味特别浓。究竟哪头是王升的呢？康其生犹豫了一会儿，心想：香味浓的应该是女的，香味淡的应该是男的。于是，康其生就把王徐氏给误杀了。

听话的傻子

从前，有户人家接连生了好几个丫头，最后一胎生了个男孩，但却是个傻子。一家人又喜又愁，喜的是将来总算有一个传宗接代的种了，愁的是消息一旦传出去，将来谁家丫头还愿意嫁给他家的傻子呢？

夫妻俩决定对外封锁消息，不准傻子外出，等孩子长大以后，不管孬与好，娶个媳妇回来再说。

一

傻子到了二十几岁，好不容易娶了个媳妇。在过去，姑娘嫁人，男子娶妻，都是从父母之命、媒妁之言。男女在结婚前基本上是见不到面的。等到结婚之后，女子即使发现对方有缺点，也只能嫁鸡随鸡、嫁狗随狗了。

一晃，一年以后，媳妇却生了个肉球。家里人惊慌失措，就叫傻子把肉球拿出去扔了。

傻子怀里抱着那肉球，跑了好几里路也舍不得扔下。正走着呢，突然有块石头把傻子绊倒在地，肉球从怀里滚了出去。这时，有只白毛兔子正在路边吃草，被突然滚来的肉球吓得跳起来就跑。傻子误认为是他的儿子从肉球里出来啦，跟在后面撵，嘴里还不停地喊着："儿子，儿子，别跑啦！等等我！"

兔子跑得可快，一溜烟就没了影子。傻子还傻乎乎地往前找呢，正好碰到一群抬棺的，头上扎着白毛巾，一路"呦吼、呦吼"地喊着号子，后面鞭炮声"噼里啪啦"作响。傻子慌忙向他们打听，问有没有见到他的儿子。大家都摇头说没看见。其中，有一个人问他的儿子长得像什么样。傻子跟他们说："竖着两只长耳朵，跟你们头上顶的差不多。"八个抬棺的认为傻子是在骂他们，气得把棺材往地上一放，就把傻子打了一顿。傻子被打得鼻青脸肿跑了回来，家里人见他这副模样，问他怎么回事。傻子一五一十地给说了出来。

傻子的老婆听了，不知是想气还是想笑，就对他说："哎呀，你真是个傻子，这明显是在骂他们，能不遭打吗？下次再遇到这种情况，就帮他们搭把劲，抬的时候跟着后面喊'呦吼'。千万别忘啦！"

傻子忙点头说："我记住了。"

二

一天，傻子遇到有家娶新娘子的，一群人抬着花轿，前面还"噼里啪啦"地响着鞭炮声。他当成又是谁家出棺呢，慌忙接过一个轿夫就抬。他想起老婆曾跟他说过，一定要喊"呦吼"，于是就"呦吼"起来。这一喊叫，把众人吓了一大跳。这还了得，不是活腻歪了吗？

男方迎亲的人，上去把傻子一顿猛打。傻子挨打后，回去抱怨老婆。老婆问了情况之后，又跟他说："那是人家办喜事的，不是办丧事的。你哪能抬着轿喊'呦吼'呢？下次遇到这种情况，一定要说'恭喜、恭喜'，这样人家才高兴呀。"

傻子知道又是自己搞错啦。

三

过了一段时间，傻子看到一家失火的，火势正旺，红彤彤的，还冒着浓烟，房屋用竹子做的檩椽被烧得"噼里啪啦"作响，一些人慌忙提着水桶救火。傻子看到这个场面，心想：红彤彤的，噼里啪啦放炮声，这一定是办喜事的。他慌忙跑过去，见人就说："恭喜，恭喜。"

那些救火的人被他气得直瞪眼，都说他不是个疯子就是个傻子。这次还好，没有挨打，只被臭骂了一顿。

傻子回去问老婆，究竟又是怎么回事？老婆猜测那个场面一定是救火的，便跟他说："那是人家失火了，不是办喜事的。下次再遇到这种情况，赶紧喊'快救火、快救火'，提水往火里倒。"

四

傻子长这么大还没有赶过集呢。一天，他跟着老婆去赶集，走着走着与老婆走岔了。

看到一家铁匠铺，炉火烧得正旺，两个人面对面抡起铁锤，一下一下打着铁器。打了一会儿，就把那铁器放到水桶里焠火，桶上面顿时冒起了白烟。傻子心想：坏了，坏了，失火了，赶快救火呀。于是，他大喊"快救火、快救火"，提起旁边的水桶就往炉子里倒，炉火一下子被浇灭了。

两个打铁的半夜就起来生的炉子，一下子被他浇灭，活也干不成啦。两个人气得把傻子推搡出去，把他臭骂了一顿。

五

傻子见到老婆，把刚才发生的事又说了一遍，还委屈地哭

了起来。

老婆哭笑不得，说："你真是个傻子。你应该讲'快帮锤、快帮锤'，帮助他们打才对。"

夫妻俩从集上往家走，傻子一路闷闷不乐。快到家时，看见有小两口子在路上打架，难分难解。傻子二话没说，冲上去就喊："快帮锤、快帮锤。"

那两口子也不打架了，转过身来一齐打傻子。女的边打边说："打死你这个二百五。俺两口子打架，你不拉架不说，反而在一旁看热闹，还讲什么'快帮锤、快帮锤'。"

好在傻子的媳妇在旁边，说明了缘由，得到那小两口的谅解。

六

傻子回到家里，老婆跟他说："遇到打架的，你应该去拉架，劝他们消消气，把他们拉开。怎么能去帮打呢？"

傻子说："知道了。"

傻子回家没几天，又遇到草山上两头牴牛斗架。傻子想起老婆的话，赶忙跑到两头牴牛中间，两只手分别拽着那两头牛的角，连忙说："别打啦，都消消气，有话好说。"

两头牴牛哪里听得懂这一套，使劲顶他，眼看着就要出人命，放牛的人赶了过来，傻子得救了。

七

傻子遇到这么多麻烦，老婆明白傻子还是经历的事情太少了，遂不再允许傻子单独外出。老婆把所有的精力都放在傻子

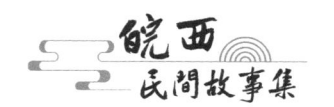

身上,耐心地开导他,一有时间就陪傻子出去转悠。傻子像一个小学生一样,一切从头学起。

几年后,傻子像变了一个人似的,不仅憨厚实在,也会兴田种地、使牛打耙,天天围着老婆转,特别听老婆的话。

又过了几年,傻子老婆生了个大胖小子。左邻右舍都说傻子有福气。傻子的父母看在眼里,喜在心里。

当然,最高兴的还是傻子的老婆,几年工夫没有白费。遇到别人夸奖傻子时,她总是说:"傻子其实不傻,就是听话。我就喜欢他听话。"

敲鼓震虎

一

话说唐僧师徒四人去西天取经,一路降妖除魔,历尽千辛万苦。

一天,他们来到西丹国境内,沿途百姓张灯结彩,鼓乐喧天,好像家家都在办什么喜事。师徒四人随便问了几户人家,大家讲的基本上是一个意思:国王下令,近一个月内大唐有四位高僧路过本土,全国上下一定要热情接待他们,为他们吃住大行方便。

师徒四人听罢,好生欢喜。唐僧自言自语道:"莫非是我们快到西天啦?是如来佛主有意安排和专门犒劳我们的吗?"

实际上,他们离西天还远着呢。

悟空一路上警惕性都很高,看到这种场景也在犯嘀咕:"会不会又是哪个妖孽设下的圈套?"他悄悄地告诉大家一定要注意,接着一个筋斗翻向天空,用他那火眼金睛巡视一圈,看看有没有什么魑魅魍魉。

八戒别提多高兴啦,乐得直叫:"嗨嗨!嗨嗨!这下可好啦,苦日子到头了,咱回高老庄为期不远了。"

沙和尚也寻思要尽快把情况搞明白,不能就这样稀里糊涂

地走下去。他禀告师父，抓紧去找国王问个明白。

师徒四人一路好生欢喜，吃不愁，住不愁，更没遇到过什么妖魔鬼怪。这究竟是怎么回事呢？只有见到国王后才能知道详情。他们紧走慢赶，终于来到西丹王宫。呀！整个宫殿好生气派，堪比大唐的皇宫。

早有探子来报。西丹国王听说贵宾来了，连忙率文武百官身着礼服，迎接师徒四人。

唐僧右手手持禅杖，左手拨弄着胸前的佛珠，笑盈盈地与国王礼毕。紧接着，国王在宫廷举行盛大的斋宴，为师徒四人接风洗尘。宴席间，西丹国王与众臣们口口声声"恩人、恩人"地叫个不停。

悟空被他们称呼得直发烦，一下跳到国王面前："你这个老王子，还不赶快把事情说清楚！再不说，俺老孙饭也不吃了，更不领情了。"

唐僧在一旁道："悟空，休得无礼！"

国王本打算宴请结束之后，才告诉他们缘由，哪知道这猴头已经等不及了，便说："四位高僧恩人哪，你们有所不知，我们等你们三年了。观音菩萨给我交代得很清楚，说你们师徒四人某年某月一定路过本土，让我代表黎民百姓好好地答谢你们。"国王接着说起三年前发生的那起惊天动地的大事。

二

三年前，西丹国南方的一座山上出现一只猛虎，连续数天伤了很多人，附近村庄的人死的死、逃的逃。消息很快传到国王那里，国王非常震惊，差派两员武将率兵前去打虎，结果虎未打着，去的人也没有了音信。后来听说，去的人全被猛虎吃掉啦。许多人闻虎色变，纷纷背井离乡。

国王愁得要命，重金悬赏打虎的告示贴出很多天，也没有一个敢接的。都说那猛虎十分凶残，吃人不吐骨头，因而没人敢去。无奈之下，国王率众臣在宫外摆案烧香，祈求上天保佑百姓不再受难。国王亲自下跪三天，跪得头昏眼花，险些晕倒。

到第四天的清晨，东方突然飘来一朵祥云，那是观音菩萨来了。只见观音菩萨端坐在莲花云上，面孔端庄慈祥，手持净瓶杨柳，真是救世主现世。观音菩萨说："众生们，近期将有一个白袍小将来此领取任务。要想降住那只猛虎，必须背到'人皮鼓'。离此地三百里的磨盘山银蛇洞里，有一只'人皮鼓'。可是，那洞里的蛇妖十分厉害，我给白袍小将准备一幅图，披上它可以隐身。另外，再给他白、青、红三个布尖子①，蛇妖撵上来时，先甩出一个白布尖子；若再撵上来，就甩出青布尖子；直到最后，才能把红布尖子甩出去。一定要按我说的顺序去办。到时候，你们要一五一十地告诉他。"

菩萨说罢，抛下一张图和三个布尖子，飘然而去。

西丹国王与众臣如获至宝，慌忙拾起散落在地上的图和三个布尖子。只见那图上有唐僧师徒四人的头像，旁边有一匹白马、一条河、一座青山和一座火山图案，下面还有一行小诗："人间劫难有今朝，待息祸乱期远遥；苍生无力挽狂澜，佛借法力来降妖。师徒四人过此地，三年之后七月到；感恩谢主皆诚意，化险为夷便知晓。"

意思是人间今天遭难，等待高人来救为期还早，你们自身是没有力量解决的，佛祖凭借佛门法力斩妖除魔。图上师徒四

---

①布尖子：裁布的边角料。

人，三年之后的七月路过此地，到时一定要诚心实意答谢他们，是他们拯救了众生。你们化险为夷之后，一切都明白了。国王与众臣一起琢磨着图上的意思，又记牢观音菩萨交代的话。

三

过了几天，西丹国王正上早朝时，宫外传来声音："报！有一白袍小将要见国王，他自告奋勇要去背'人皮鼓'，上山打虎。"

国王听罢满心欢喜，立即传此人进殿。

白袍小将进殿后，国王仔细打量他一番。只见他一脸英气，十七八岁上下，身披白袍，显得十分精神，好一个英雄少年！

白袍小将开口道："各位施主，我受观音菩萨差遣，前去蛇妖洞里把'人皮鼓'背回来。回来之后，你们给我挑选一百名勇士，随同我一起去打虎。请把观音菩萨留给你们的东西交给我吧。"

国王赶紧把观音菩萨给的物件捧了出来，又告诉他如何使用。

白袍小将拿过那张图往身上一披，呀！真神奇了。只能听到他说话的声音，却看不到他的身影：一会儿说他在这里，一会儿说他在那里。害得国王和众臣到处找。

这白袍小将不是别人，正是唐僧骑的那匹白马——小白龙。本来这次降妖打虎，也是唐僧师徒四人取经途中必经的一难。无奈那猛虎凶残至极，若再等三年，恐怕国人都被吃得差不多了。观音菩萨只好提前借助他们的法力降妖和打虎。

再说，那银蛇洞里的老妖是一个有千年道行的白蛇精，单凭小白龙的能耐是斗不过它的，必须借用悟空、八戒、沙和尚的部分法力才可。安排小白龙前往，主要是因为他机智过人，身轻如燕，去妖怪洞里盗鼓最合适不过了。

一切准备就绪，小白龙使了个分身术，替身留在唐僧身边，真身昼夜兼程来到西丹国，去完成观音菩萨交给他的任务。

四

小白龙披上了隐身符，悄悄地进入磨盘山银蛇洞。只见那洞很深，妖雾缭绕，大小妖怪成群结队。他左顾右盼，寻找"人皮鼓"所在位置，找了半天也没找到。这时，有两个小妖匆匆忙忙从小白龙面前经过，边走边嘀咕："哎！我们俩昨天才去看过，鼓放在那好好的。老祖宗非叫我们天天去，说他最近眼皮跳得厉害，估计有人要来偷鼓。"

小白龙一听是巡逻的，真是喜出望外。他悄悄尾随其后，大约有半个时辰，来到藏鼓的地方。只见那只"人皮鼓"有半人多高，鼓皮是一种特制的东西：蛇妖残害人之后，把人皮剥下来放在炉子里熬胶，经七七四十九天才能熬成的特殊产品。这只鼓至少用了上千张人皮。听说这"人皮鼓"是蛇精过寿时寻欢作乐用的乐器，还可以用于蛇精修炼，法力无边，敲一敲可提升道行。

小白龙待两个小妖离开后，将鼓背起来就跑，哪知道那支鼓迎着风不敲也响。鼓声惊动了蛇妖们，大小蛇妖倾巢出动，向着鼓响的方向追去。

小白龙拼命地奔跑。眼看就要被追上，小白龙想起身上揣

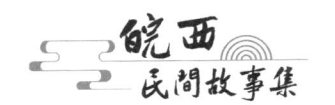

的三个布尖子，先甩出一个白布尖子。呀！那白布尖子顷刻化作一条大河，把群妖们隔在河的另一边。小白龙稍微松了口气，继续往前跑。

过了一段时间，蛇妖们又追了上来。小白龙再甩出一个青布尖子，那青布尖子顿时化作一座青山，把群妖们隔在山那边，哇里哇啦急得直叫唤。

小白龙也觉得很累了，就停下来歇一歇。大约有半个时辰，一群身强力壮的蛇妖们追了过来。这时，跑在最前面的蛇妖开始向小白龙喷射毒液。小白龙感到有点头晕，知道是中了蛇毒，边跑边用法力在身上驱毒。身上的红布尖子呢？观音菩萨曾交代，不到万不得已不能甩出去。想到这儿，小白龙咬牙坚持，又跑了很长一段路。

妖怪们见喷毒效果不大，就上去夺鼓。老蛇精一直跟在后面助阵，它用尾巴往前一勾，把小白龙绊倒在地，"人皮鼓"也摔出几丈远。妖怪们蜂拥而上。眼看鼓就要被抢走，小白龙急速爬起冲了过去，与众妖们展开了殊死搏斗。

小白龙不敢恋战，他的主要任务是把"人皮鼓"安全地背回，不是来跟妖怪打斗的。若再不把红布尖子甩出，恐怕很难把鼓背走。小白龙再次抢到鼓之后，使出全身力气向前蹿了好几丈远，然后甩出那个红布尖子。只见那红布尖子化作一座火焰山，蛇妖们全部葬身火海。就这样，小白龙把"人皮鼓"完好地背到了西丹王宫。

实际上，这三个布尖子是悟空、八戒、沙和尚三人的法力。那条大河是沙和尚以前经常出没的流沙河，那座青山是八戒背高小姐时悟空移过来的大山，那火焰山是悟空借铁扇公主的芭蕉扇后扇灭的一座小火山。为什么观音菩萨嘱咐不到万不得已不能用红布尖子呢？主要是怕伤着黎民百姓。背鼓的目的是救人，不可能再去伤及无辜。还好，悟空法力中有灭火的密诀，蛇妖们烧死后，火山就自动熄灭了。

五

小白龙把鼓背回来之后，带着国王挑选的一百名精兵前去打虎。行走在打虎路上，兵士们都有些担惊受怕，不知道还能不能回来，纷纷询问小白龙有无把握。小白龙心里虽然没有底，但又想试试身手。这次观音菩萨差他来背鼓打虎，也是给他一次施展能力的机会。在取经路上，师兄们一路斩妖除魔、各显神通，唯有他不曾单独表现过。自己有脑子、有法力，应该露一手。想到这儿，小白龙就信心十足，鼓动兵士们加快步伐。

行走数天，离猛虎出没的地方不远了。小白龙命令安营扎寨，养足精力，掐指算算，选个黄道吉日。

这天天气晴朗，小白龙率兵士们上了山，吩咐把"人皮鼓"架在半山腰，留十人敲鼓，其他人拿着兵器跟着他到山上吆喝，引猛虎出来。

那只猛虎已有多日没吃饱肚子了，听到山上有人叫，猛地从洞里蹿了出来。小白龙顿时感到有一股冷气袭来，猜测是猛虎出来了，慌忙舞动大旗，命令那十人轮番敲鼓。

那只猛虎一听到"人皮鼓"的声音，顿感身体不适，好像有一万只虎蝇钻进它的眼睛、鼻孔、耳朵里。它被折磨得上下翻滚，发出阵阵吼叫声。不多时，猛虎精力耗尽，躺在地上奄奄一息，口吐白沫。

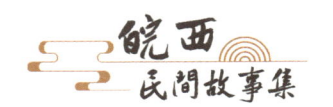

小白龙命令兵士们冲上前去,把那猛虎打个翘死[①]。一百名兵士抬着死虎,回到王宫交差。一路上,百姓们听说吃人的猛虎被打死了,个个欢欣鼓舞,人人心花怒放,纷纷回到三年前逃离的家乡。

师徒四人听完西丹国王的讲述之后,一起到马棚里看那匹白马。小白龙清楚他们来的意思,摇头摆尾与他们亲热起来。

悟空道:"小白龙,你做了那么大的好事,怎么也不跟我们说一声?怪不得有一段时间,我感到非常疲劳呢,原来法力被你借走了一部分。"

八戒、沙和尚也一起帮腔,都说自己那段时间跟平时不一样。

"敲鼓震虎",后来就变成了"敲山震虎"。

---

①翘死:方言,彻底死亡了的意思。

神　笔

一

李闯六岁时父亲去世，母子俩相依为命，家中生活十分艰难，唯一的生活来源，是母亲替别人纺线得到的微薄费用。

母亲一年到头、一天到晚，不停地纺呀纺呀，纺车都用坏了好几架。母亲把所有的希望都寄托在儿子身上，盼望他快快长大。

年复一年，李闯渐渐地长大了。他非常懂事，也非常孝顺，帮助母亲分担家务。哪知道天有不测风云，李闯十六岁那年，母亲也离开人间，撇下他孤苦一人。李闯虽然十六岁了，但个头不高，体质又弱，不能胜任重体力活，只能帮地主家放牛。放牛期间，东家不开工钱，只管吃住，且生活待遇差得很：一天三顿粗茶淡饭，早上给三个馍馍，放牛时带着吃。

一天早上，李闯赶着牛去草山上吃草，经过一座破庙时，发现有一个老乞丐坐在庙前，只见他衣衫褴褛，白发蓬乱，十分日浓①。老乞丐见李闯手里拿着馍馍，伸出一只又黑又脏的手，颤颤巍巍地向李闯讨吃的。李闯没有犹豫，就把手里剩下

---

① 日浓：方言，很脏的意思。

的一个给了他。

老乞丐连声说"谢谢",接过馍馍,三口两口就吃完了。

看他那饿狼扒鸡①的样子,李闯叹了口气,心想:自己虽然很穷,倒比他要强得多,起码还有吃的、有住的。

二

接下来三天的早晨,老乞丐都在那破庙前等候李闯。李闯把三个馍馍都给了他,自己硬是饿了三个上午。

第四天早上,老乞丐仍坐在庙前。李闯正要给他馍馍呢,老乞丐说了:"你真是个心地善良的孩子,宁可自己早上不吃,也可怜我这个老要饭的。今天,我要离开这里了。我身上没有别的东西,就把这个打狗棍留给你吧,也算还你的情义。"

李闯见那根打狗棍表面疤疤癞癞的,没有什么特别之处,摇了摇头说不要。

老乞丐知道李闯看不上它,就对他说:"你不要小看这根棍子,它是一件宝物,可神奇了。我能让它变成一只画笔,想要什么,就画什么,画什么就会变成什么。不相信是吧?我做给你看。"

老乞丐念了一段咒语,那根棍立刻变成了一只画笔。他在地上画了个鸡蛋,果然变成了真鸡蛋。打开鸡蛋后,既有蛋黄,也有蛋清,用鼻子闻一闻,一股清淡的蛋腥味。

刚开始,李闯看的是眼花缭乱,听的是云里雾里。后来,他渐渐地掌握了秘诀。老乞丐认为可以放手了,身子一转,消失得无踪无影。

---

①饿狼扒鸡:方言,形容特别饥饿、饥不择食的样子。

原来，那个老乞丐不是凡人，他是太白金星的化身。一天，他受玉皇大帝的指派，到人间来查看民情。太白金星听说李闯这孩子心地善良、聪明伶俐，父母双亡后无依无靠，非常可怜，便打算见一见这个李闯。三次接触后，果然如此。于是，太白金星把随身带的那件宝物给了他，并教他如何使用。另外，太白金星还有一个想法，利用这件宝物在人间惩恶扬善。

三

李闯得了这个宝物之后，不再给地主家放牛了。

他先在地上画了一栋房子。刚画好，忽听阵阵嘈杂声，好像有很多人在忙着什么。不多时，眼前出现一栋青砖灰瓦的房子。李闯走进房内一看，简直惊呆了，房间里的摆设应有尽有，看上去非常阔气。李闯高兴得东摸摸、西瞅瞅，心想：今后我就是这里的主人了，可以静心地在这里享受帝王般的生活。

过了一段时间，李闯思母心切，心想：要是母亲能与他一起共享这样的生活，该有多好呀。他打算把母亲画出来。可是，毕竟母亲离世几年了，画起来有一定难度。他每天都在极力回忆母亲的音容笑貌。精诚所至，金石为开，终于有一天，他把母亲画活了。母子相见，抱头痛哭。母亲百感交集，自己不仅能死而复生，还能与亲生儿子团聚，享受天伦之乐。她要感谢天，感谢地，感谢神仙赐给儿子的那只神笔。

母子团聚之后，李闯的生活十分幸福。只要缺钱了，李闯用神笔画出来的一个金元宝，就足够娘俩吃上一年半载的。

一天，有个张家佃户，家中唯一的耕牛病死了。张家夫妻俩哭得死去活来，母亲就叫儿子给张家画头牛。李闯带着神笔来到张家，刚好死牛还在棚里。他一边安慰张家，一边在地上画了起来。不多时，一头黑毛牯牛出现在棚里，看上去比之前那头牛的劲头还要大。看把张家夫妇感动的，一口一个"恩人"叫个不停。

四

李闯神笔画物的奇闻四处传播。

有一个江洋大盗，外号叫黑旋风，他听闻这个消息后兴奋不已。据说他身轻如燕，能飞檐走壁，只要他看准的东西，没有拿不到手的。他在很多地方都做过案，官府缉拿不住他，重金悬赏高手也未能如愿。

　　这天，黑旋风来到李闯家附近踩点，准备在合适时候动手。恰巧，李闯的母亲这几日右眼跳个不停，感觉家里好像要发生什么事情，便让儿子把那支神笔看好。李闯听母亲这么一说，也就警觉起来，动脑筋画了一个保险库，把神笔放在库里。那个库很特别，人进去后很难出来。为了保险起见，他又多画了几道机关。

　　一天深夜，黑旋风潜入李闯家，东翻西找都没有发现目标。忽然，他发现一个保险库，经过一番琢磨，认为神笔一定被藏在那里。他悄悄地打开了库门，那支神笔果然就藏在里面。黑旋风拿了笔就走。哪能随便让他走出去啊？李闯早已设置了陷阱。保险库里面像个迷宫，黑旋风使出浑身的解数也无济于事，心想：这下完了，肯定要栽在这里了。

　　折腾了一夜，黑旋风也没能走出来。第二天，李闯发现库里有盗贼，于是就报了官府，将黑旋风缉拿归案。

　　江洋大盗被擒拿的消息轰动了全国，皇帝重金奖赏给李闯黄金万两。李闯按照母亲的吩咐，把这些钱绝大多数都接济给了穷人，剩下的钱则放在保险库里。李闯一下子出名了，人们都说他功德无量，不仅家里有很多钱，还做了许多善事。

五

　　古来一句话：树大遭风，猪肥遭宰。

　　远处的牛头山有个匪窝，方圆几十里无人不晓，那里的土

匪丧尽天良，官府也拿他们没有办法，土匪听说李闯家的金库里有很多黄金，就决定来这里抢夺。

一天，牛头山上的几十个土匪"浩浩荡荡"地开到这里，轻而易举就把李闯的家门给打开了。李闯母子俩被这突如其来的阵势吓得直哆嗦。土匪们一哄而上，一个个钻进保险库里。他们发现库里的黄金不多也不少，便打算抢完之后就出来。

哪有那么容易的事情？黑旋风那么大的能耐都出不来，何况这些无名小辈？在李闯的画笔下，这些土匪个个成了瓮中之鳖。不一会儿，官府派兵前来，将他们一网打尽。为首的头头被处决，其余的被关进大牢。李闯又一次为民除了害。

六

李闯在当地深受老百姓欢迎，就连县太爷都要敬重他三分。

一天，县太爷带着几个幕僚专门拜望李闯。名义上拜望，实际上另有目的。到了李闯家后，县太爷非要进到保险库里看看。

李闯碍于情面，就允许了。为了方便他们进出，李闯用神笔将那些机关和门闩去掉。哪知道，那几个人进去后，个个都红了眼，包括县太爷在内，每个人腰包都装得鼓鼓的。

李闯见罢非常气愤，拿起神笔画了一道门闩，将他们全部困在保险库里。李闯想：一定要治一治这些贪官。接着，他向附近的乡里乡亲说明情况，一下子有很多人前来围观。

这个县太爷本来就是个贪官，老百姓对他恨之入骨，这下总算有出气的机会了。大家纷纷要求，把那几个贪官困死在里面。

这时，人群中出现一个老乞丐，他大声对人们说："这个县太爷虽是父母官，但是不得人心，今天的下场罪有应得。不过，这与李闯没有任何关系，是天神要惩罚他们的。"说着扬起袖子，将保险库和神笔卷入袖内。

李闯一看，正是以前赐给他神笔的那个老乞丐，慌忙跪下给他磕头。

在场的人见李闯跪下磕头，都跟着跪下来磕头。等大家再抬眼望时，老乞丐早不见人影了，人们于是又对苍天祈祷起来。

阿勇阿芳斗渔霸

一

从前,南方的大海边有一个渔村,这里住着几百户人家,他们长年靠出海打鱼为生。渔民们生活本来就不易,加上地痞流氓敲诈勒索,日子过得相当艰难。

有个渔霸,外号叫独眼龙。他心狠手辣,手底下有几十号人,专门盘剥渔民,擅自规定名目繁多的杂费,像保护费、码头费、转运费等。渔民们打鱼的收入除去这些费用后,所剩无几。若是不交费,轻者不准出海,重者不是被关就是被打。独眼龙的手下还动不动就说:"不交费,就把你投进海里喂鲨鱼!"渔民们敢怒不敢言。据说独眼龙上头有人,县衙里的大小官员都被他买通了,想整谁就整谁,虽然身上背有十几宗命案,但一直逍遥法外。

有一个青年,名字叫阿勇,因不服从他们的敲诈,被毒打一顿后投进了海里。

阿勇仗着自己的水性好,强忍着伤痛,在海里漂了很长时间。时间一长,体力开始下降,他心想:这下可完了。完了就完了,可让他放心不下的,是年迈的父母和新婚的妻子。妻子名叫阿芳,贤惠善良,不仅长得漂亮,而且能歌善舞,歌唱得特别好听。

　　阿勇一想到娇妻，就止不住流泪。他默默祈祷上天保佑，让自己活下来，能再见到妻子和亲人。

　　就在这时，阿勇发现不远处有个较大的漂浮物。他奋力向那漂浮物游去。这是一根断桅杆，阿勇趴在桅杆上，任凭风吹浪打。漂呀漂，大概漂了两天两夜，最后漂到一个荒岛上。

二

　　阿勇跌跌撞撞上了岸。这时候，他感到特别口渴，刚好附近有一处水凼①，他将水捧到嘴里尝尝，果然是个雨水凼。阿勇高兴得不得了，心想：只要有水就能活下去，有机会遇到过往的船只，兴许还能回去呢。

　　阿勇两天多没有吃到东西，肚子饿得不得了，可上哪儿搞来东西吃呢？这是一个无人住的荒岛，也是一个孤岛，除了野生林和一些飞来飞去的海鸟，别的什么都没有。

　　阿勇强撑着疲惫的身体，想去找鸟蛋充饥，找了好一气子②，终于找到一窝鸟蛋。他一连吃了好几个，感到精神好了许多，接着又找了几窝。树上结的果子，看上去很诱人，但是他不敢吃，怕中毒了不好办。吃的、喝的问题解决了，还要找住的地方。巧的是，真有几个岩洞。他选了一个岩洞住下来。这个岩洞不深，能蹲下两三个人。有个遮风避雨的地方，他心里踏实多了。之后，他拾来一些干树叶铺在洞里。因为怕毒蛇袭击，他又在洞口插了一排子树桩，树桩的根部，缠满带刺的藤蔓。

---

①凼（dàng）：方言，水坑。
②好一气子：方言，时间较长的意思。

偌大的一个荒岛，只有阿勇一人住在那里。他饿了就吃鸟蛋，困了就在洞里睡一会儿。白天一边找鸟蛋，一边瞭望海面，看有没有船来，一连好多天，都没有发现海上有任何目标。他有些绝望了，看来等船的机会非常渺茫。

他打算自己造船，说是船，不过是个简易的筏子罢了。于是利用那根断桅杆，又费好大劲扳断几根枯树干，用藤条将它们绑在一起。他整整用了三天时间，总算把船造好了。准备第二天起航呢，哪知道，夜里突然来了一场台风，海水涨潮，海滩上的那条所谓的船，被台风刮跑了。阿勇一屁股瘫坐在那里，彻底绝望了。

三

自从阿勇被那帮人投进海里后，家里人悲痛欲绝。阿芳整天以泪洗面，爱唱爱跳的她变得神情呆滞起来，没有了昔日桃花般的笑容。她常常来到海边，望着茫茫大海，渴望心爱的丈夫能奇迹般地回来。

有一次，阿芳在海边见到一只大海龟浮在水面，就对着海龟说："海龟呀，你可知道我的丈夫在哪里？能不能带我去找他，我都快要崩溃了。"

那只海龟漂了一会儿就不见了。

独眼龙听说阿勇的妻子长得很漂亮，想要占为己有。一天，他带着一帮人来到阿勇家，不由分说就把阿芳抢走了。阿芳被带到码头的一只船上，独眼龙欲强暴她。阿芳拼死不从，死死地咬着独眼龙的一只手臂，独眼龙疼得"嗷嗷"直叫。

独眼龙一松手，阿芳纵身跳进海里。

独眼龙和那帮人不但不施救，还恶狠狠地说："死了好，

死了好，省得以后找麻烦。"说罢，一帮人扬长而去。

四

阿芳跳到海里想了却此生，她的身体很快向海底沉去。

就在这时，一只大海龟把她托上水面。阿芳感到很奇怪，为什么海龟要救她呢？莫非是自己的丈夫灵魂回来了？她管不了那么多了，趴在海龟身上，任由它向前游去。

这只海龟是海神变的，它见阿芳跳海轻生，想把她带到阿勇那里去。

阿芳前生是小龙女的贴身丫鬟，也是龙宫有名的歌女，与小龙女感情甚好。转世到人间后，小龙女仍然不忘对她护佑。阿芳能歌善舞的天赋，就是小龙女倾情传授的结果。这次见到阿芳遇难，她倾力相助，命令海神把阿芳安全地送到阿勇那里去，让他们夫妻重逢，以后再作打算。

阿勇在孤岛上已有二十多天了。他白天看太阳，晚上听潮声，不知道自己将来能不能出去，每天都在思念着亲人，身心倍受煎熬。

一天，他像往常一样瞭望着海面，突然远处有个漂浮物向他这边漂来。渐渐地，他发现漂的是一人，好像还是一个女人。很快，那女人漂到岸边。阿勇定睛一看，简直不敢相信自己的眼睛。他揉了揉眼睛，这不是在做梦吧？朝思暮想的爱妻，突然出现在自己眼前。他来不及多想，急忙跳到水里，把阿芳拉上岸。

夫妻见面，肝肠寸断，转过来又欣喜若狂起来。夫妻俩来到岩洞里，手拉手，眼望眼，互诉衷肠。听到阿芳这一段时间的遭遇，阿勇更加憎恨那个独眼龙。

妻子的到来，使阿勇有了生活信心。他担心妻子吃生食不习惯，搞不好还会生病，于是在岛内到处寻找火石。终于找到了两块类似火石的石头，他反复敲击这两块石头，终于取出了火，看把他高兴的。有了火，什么问题都解决了。他们下海摸鱼，捡拾着海滩上的赤贝、蛛螺、海螺、蛤蜊、文蛤等，用火烤熟来吃。就这样，夫妻俩相依为命，在孤岛上生活了一年多时间。

五

  他们特别渴望能回到陆地，可没有船怎么能航行呢？

  阿芳对着大海祈祷起来。一天，真的来了几只大海龟，阿勇和阿芳趴在海龟身上离开了孤岛，海龟轮番搭载着他们。过了很长时间，阿勇和阿芳来到一个地方。上岸后，他们发现那里的人女性较多，而且根本听不懂自己说的话。那里的人非常好客，对来的两个陌生人没有任何敌意。有个头领模样的人，给阿勇和阿芳找了一处住所住了下来。阿勇和阿芳通过手势与她们交流，渐渐地知道：这是一个岛国，女性占总人口的一大半，很多孩子仅有母亲，不知道父亲是谁。阿勇和阿芳很快与她们混熟了，并能与她们进行简单的语言交流。

  这是一个安谧祥和的小岛，岛内秩序井然，没有欺诈和抢夺，人人自由平等。田地劳作、出海打鱼的，多半都是女人，她们非常强悍，也非常抱团，无论走到哪里都不怕。

  在这样生疏的地方，阿勇和阿芳刚开始格外小心谨慎。渐渐地，她们习惯了这里的生活。阿芳的能歌善舞，这下派上了用场，她每天主动为岛里的人表演。那些出海打鱼的人们，十天半个月才回来一次，回来的第一件事，就是到阿芳的住处听歌。虽然阿芳不收费用，但人们总会自发地送些鱼和其他食物来。阿勇和阿芳与小岛的居民相处十分融洽，尤其是与那个头领相处得格外投缘。这头领隔三差五地来一趟，与阿勇叙叙话。阿勇只要有什么困难，头领都会很快帮助解决。

六

  转眼间三年过去，阿勇的复仇之心始终挥之不去。一天，阿勇向头领说出四年前他和妻子的遭遇。头领听罢义愤填膺，目眦欲裂，他说一定帮阿勇和阿芳报仇雪恨。

头领精心挑选了二十多人，女人占了多半，她们开始训练起来。几个月后，头领观察了天相，选了个出海的日子，亲自带着这些训练有素的人，乘坐一条大船，扬帆起航，去给阿勇和阿芳报仇。

这时的阿芳又向大海祈祷，祈求海龟帮着带路。阿勇和阿芳在船上继续讲述独眼龙的罪行。船上所有人听罢，个个钢牙咬碎，发誓此仇不报誓不为人，此害不除定不回返。

十多天后，大船终于到了阿勇和阿芳的家乡。在船上，大家反复琢磨着擒拿独眼龙的方法。独眼龙手下一帮人十分凶狠，搞得不好难有胜算。大家认为出其不意、速战速决才是最好的方法。

刚好那天独眼龙在码头上，他见有条船驶进码头，误认为是打鱼的回来了，就派两个人前去验货。两个人大摇大摆地上了船，上船就高喊："这是谁的船？我们要来验货！"

刚进船舱，那两人就被控制起来。经过审讯，得知独眼龙也在码头上。大家高兴得不得了，想用个计把独眼龙引诱到船上来。

阿勇叫其中的一个人向独眼龙喊话，说是船上打上来一个海怪，叫独眼龙快过来看。独眼龙一听船上有什么海怪，不假思索地跑了上来，跟在后面的还有好几个侍从。

独眼龙来到船舱里，见里面有不少女人，他一个都不认得。再看前方端坐着一男一女。呀！这哪里有什么海怪，分明是阿勇和阿芳坐在那里。

独眼龙倒吸了一口凉气，这到底是人还是鬼？正惊魂未定呢，阿勇开口了："独眼龙，你的死期到了！"说完，几个人立刻上去将独眼龙拿下,另外来的几个人也都被绑了起来。

抓住独眼龙,报仇的事基本上就大功告成了。阿勇他们调转船头准备返航。码头上还有一些独眼龙的爪牙,他们眼看着大船就要离开,慌忙要上来营救。但一切都晚了,大船如箭一般离开了那里。

以往,独眼龙口口声声要把人家投进海里喂鲨鱼,这会轮到他了,真是恶有恶报。他和他的爪牙们被捆绑着身子,一个个被投进了海里,葬身鱼腹。

孪生姐妹

一

从前,有一大户人家,老婆临产时正赶上兵荒马乱,一家人在跑反①途中艰难地向前行。

路过一座旱桥时,老婆肚子疼得要命,估计要生了。嘴讲不急,实际上事情来得就是急:孩子生在桥上。孩子下来后,老婆仍然感到肚子很疼。桥上人来人往,很不方便,他们就来到桥下休息。哪知道,肚子里还有第二个孩子,原来怀的是一对双胞胎女儿。一会儿,第二个孩子也生出来了。

两个女儿长得非常可爱。姐姐取名玲儿,妹妹取名珠儿,姐妹俩长得一模一样,所不同的是玲儿眉心里有个黑痣。姐妹俩天资聪颖、勤奋好学,父亲专门请来先生进行调教。

父亲还曾找过几个算命先生替女儿算命,都说孩子的生辰八字特别好,一生荣华富贵,将来不是皇后,就是娘娘。

到了十五六岁时,她们俩琴棋书画样样精通,人也出落成亭亭玉立的大姑娘。

---

①跑反:旧时指为躲避兵乱或匪患而逃往别处。

那年元宵节，玲儿和珠儿随着家人去观灯，当晚观灯的人很多。珠儿受凉闹起了肚子，她独自一人去茅房里方便，哪知道一去就没了人影。一家人发疯似的到处找，找了一夜也没有找到，接着又找了好几天，珠儿仍然杳无音信。

珠儿十有八九是出事了。令家人不解的是：珠儿若是被绑匪绑票了，应该有个消息呀；若是遇害了，怎么连根头发都没有找到呢？一家人陷入无限的痛苦之中。昔日一对女儿，出双入对，就像两只飞来飞去的燕子，现在剩下一只孤燕。老两口整天以泪洗面，只要看到玲儿身后没有珠儿，就止不住地流眼泪。

二

珠儿那晚确实遇到了绑匪。

绑匪将珠儿眼睛蒙上黑布，嘴里塞着线团子，坐了一天一夜的马车，最后把她卖到春香院。

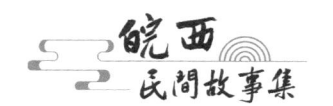

春香院的老鸨四十来岁，体型微胖，能说会道。珠儿非常清楚，一旦进了那个地方，就等于进了死牢。她拼命地哭着要回去，三天时间粒米未进。珠儿哭着跟老鸨说，只要放自己回去，要多少钱家里都可以给她。

老鸨哪里肯放？还指望这棵摇钱树挣钱呢。老鸨心里也明白：一旦放走了，人财两空不说，说不定还会吃官司。老鸨软硬兼施，用尽了办法，还是驯服不了她。最后只好达成口头协定：光卖唱不卖身。

珠儿不仅长得漂亮，而且演技非常娴熟。她自弹自唱，琵琶古筝样样都通，接待的客人一拨接着一拨。

老鸨赚了很多银子。一些有钱有势的人早就对珠儿垂涎三尺，他们的非分之想全被老鸨搪塞过去，珠儿暂时安然无恙。

哪知道好景不长，有一个恶少名叫田宝，是大地主田老根的小儿子，平时吃喝嫖赌，经常寻衅滋事。他打珠儿的主意，不是一天两天了。刚开始，他跟老鸨软磨硬缠，都被老鸨搪塞了过去，临走时倒给田宝一些银子。田宝哪在乎这些？他一心想得到珠儿，口口声声威胁老鸨，要是再睡不到珠儿，就砸她的场子。

老鸨想：这样下去也不是办法。田宝这个恶少，什么事情都能做得出来，一旦得罪了他，春香院非被他闹得鸡犬不宁不可。罢了，罢了，珠儿迟早是要破身子的，倒不如先给了他，说不定还能降服这个妞呢。

一天晚上，田宝又来到春香院，非要珠儿陪他喝酒。老鸨借机与田宝密谋起来。她在给珠儿的酒里下了迷魂药。珠儿醒来之后，发现自己赤身裸体地睡在床上，才意识到发生了什么。此时的她，万箭穿心，心如刀绞，手扯着头发，哭得死去活来。老鸨劝了很长时间也没有劝好。

珠儿好几天没有卖唱了。老鸨急得团团转，最后想了一个办法，跟珠儿说，只要她卖唱或接客，一年后就放她走。珠儿涉世不深，对老鸨的话信以为真，于是就答应下来。不过，她跟老鸨提出三个条件：第一，四十岁以上的不接，这个年龄段的人，孩子应该和自己差不多，那样的人肯定是道德败坏、伦理不分；第二，流氓地痞不接，她对这些人恨之入骨，一看到就恶心；第三，一天只接一次客。老鸨头点得像小鸡啄米似的，一切都依了她。

珠儿接客以来，成了春香院的头牌，有的嫖客预约很长时间才能排上号。珠儿天天盼呀、盼呀，她渴望时间能过得快些，早日结束这地狱般的生活。

三

时间过了大半年。

一天夜里，来了一帮土匪，把珠儿抢到山上。匪首名叫大疤子，手下有百十号人。他听说春香院里的珠儿长得非常漂亮，就令手下给抢了回来。

大疤子一看珠儿果然是个美人坯子，心花怒放，当晚就大摆酒席，正式宣布珠儿为压寨夫人。

喝完喜酒，大疤子来到洞房。这时的珠儿非常伤心，心想：自己咋是这个命呢？沦为妓女不说，这下又成了土匪婆。不过，她转过来又想：总算离开了那个鬼地方，在这里起码不会天天身心遭受蹂躏，说不定还可以报仇呢。

珠儿跟大疤子说，只要能替她报仇，什么都依了他。否则的话，他只能得到她的人，永远也得不到她的心。

大疤子拍着胸脯对珠儿说，只要她真心实意跟着他，吃香

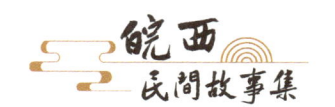

的喝辣的不说，叫他干什么，他就干什么，赴汤蹈火，在所不惜。

珠儿就等他这句话，于是把自己的仇人告诉了大疤子。

大疤子真的兑现了承诺，先是除掉恶少田宝，接着又除掉春香院的老鸨，并从老鸨口里得知两年前绑架珠儿的那三个绑匪的下落。大疤子费了好大劲才找到他们，把他们全部解决了。

珠儿大仇已报，她对大疤子非常感激，便一心一意地跟着他。大疤子对珠儿更是言听计从。珠儿成了山寨里说一不二的人物。

一次官兵来山寨剿匪，大疤子被打死了。珠儿带着剩余的残兵败将逃出了山寨，在另一个地方扎下了根。珠儿成了那里的匪首。

珠儿当了匪首之后，她命令手下人不得胡作非为，尤其不准伤害无辜的平民百姓，违者必须处死。她只抢贪官和那些地主老财劫来的财物，除山寨里留一部分外，大多数都救济给了贫苦百姓。老百姓对她非常感激和崇拜，只要官兵来剿匪，老百姓很快就去送信。就这样，珠儿虽然好几次遭到官兵来剿，但都化险为夷。官兵拿她没办法，一些地方官员纷纷向朝廷上奏，皇帝下决心要铲除这帮土匪。

四

妹妹珠儿失踪那年，太子登基后在各地选妃，姐姐玲儿被选入宫中。

姐姐玲儿在宫中非常得宠，她由一般的妃子升为贵妃。当得知自己亲妹妹珠儿的下落时，她万分高兴，心想：妹妹虽然当了土匪，只要她能改邪归正，重新做人，将来还有出头之日。她不能眼睁睁地看着妹妹去死，一定要尽全力来保护她。

玲儿启禀皇上，女匪首是她几年前丢失的亲妹妹。至于什么原因当了土匪，她也不清楚。最好用招安的方式，让她归顺朝廷，说不定将来还有用处。并表示，她可以亲自去劝降。

皇上觉得有理，拟了一道圣旨，玲儿带着一队人马昼夜兼程去了山寨。

姐妹相见百感交集，相互倾诉衷肠。珠儿早就想弃暗投明、改邪归正了，这回姐姐亲自带着圣旨来招安，哪有不降之理？就这样，珠儿走向了正途。几年后，珠儿被皇上封为一个地方的刺史。

珠儿没有辜负姐姐的希望，做了刺史后，一心为了老百姓，那个地方被她治理得井井有条。她最憎恨的是赌场、大烟馆和妓院，所管辖的地方，只要有这些社会毒瘤，就一律铲除。从此，当地的老百姓过着安居乐业、幸福无比的生活。

秦英复仇

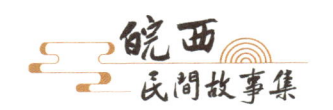

一

秦英父亲是朝廷里的一员大将，名字叫秦淮，为人耿直，得罪了奸臣刘渊。

刘渊是刘贵妃的父亲，对秦淮恨之入骨，多次想找机会陷害秦淮。一次，他精心设计一个圈套，逼着秦大将军就犯。皇帝偏听偏信，以谋反罪名，将秦家满门抄斩。

那一天，官兵将秦府团团围住，把秦家所有人赶进一个校场里。正在胡砍乱杀时，一个和尚突然闯了进来，只见他骑着一匹高头骏马，身穿一套灰布衣，两腿裹着白布条，手提一把寒光闪闪的宝剑，一会儿如蛟龙入海，一会儿如雄鹰击空，转眼间杀进重围。正是："草木摇杀气，星辰无光彩。"他把秦英提到马背上，一个战马凌空冲了出去。

面对突如其来的砍杀，官兵们一时不知所措，等缓过神来时，和尚已经抱着秦英跑得无影无踪。

秦英被救了，可怜秦家上下七十多口全部遇害。

二

救秦英的不是别人，是嵩山少林寺的惠宗大师。

那一天,惠宗大师到昔日的好友张员外家游玩,正赶上秦家遇难。张家与秦家世代友好,张员外与秦英的父亲是拜把兄弟,秦英又是张员外的干儿子。

张员外得知秦家要被满门抄斩的消息,急得像热锅上的蚂蚁,坐立不安。就在这时,惠宗大师来到家中,张员外就把秦家情况简单地向大师说了一下,恳求大师想办法一定把秦英救出来,好给秦家留个后。惠宗大师对秦淮将军的为人有所了解,对秦家的遭遇也极为同情——皇命不可违,圣旨已下,再冤再屈也无法逃脱厄运。

面对秦家的险境,惠宗大师哪敢怠慢?他骑着快马直奔秦府。此时的秦府已被围得水泄不通了。他拼命冲了进去,大开杀戒,边杀边四处寻找秦英——张员外跟他说过孩子的相貌特征,刚好看到一个孩子正赤手空拳地与两个官兵搏斗。他冲到近前一看,果然像是那个要救的孩子。惠宗不敢恋战,一把将秦英提上马背,直奔嵩山少林寺而去。

刘渊除掉了心腹大患,在朝中更加有恃无恐,真的是一人之下,万人之上。除了皇上,就是他一人说了算,其他大臣敢怒不敢言。不过,刘渊心中一直有块石头没落地,那就是被和尚救走的秦英至今下落不明。斩草必须除根,免得将来有什么后患。他派人到处打听秦英的下落,最后终于打听到秦英是在少林寺。

一天,刘渊叫他的儿子刘靖亲自带兵到少林寺捉拿秦英。刚好那段时间,惠宗带着秦英去了武当山。寺中的主持说惠宗和秦英早被他们驱出少林。官兵哪里肯信?把少林寺翻了个底朝天,也不见师徒两人的影子。刘靖气得一把火烧了少林寺。

惠宗和秦英回来后,见少林寺已经面目皆非,这更加激起了对刘渊父子的憎恨。秦英学功非常投入,冬练三九,夏练三

伏。他把对刘渊老贼的仇恨深深地刻进骨子里，将练功的靶子当作刘渊，打坏了无数个靶子。惠宗师傅把所有的精力都倾注在秦英身上，希望他将来为秦家报仇，为少林寺雪恨。

秦英的身体素质很好，力气特别大，据说他三岁能吹落屋檐瓦，七岁能吹灭百米灯。三岁的时候，有一次母亲抱着他站在屋檐下，他猛吹一口气，竟把屋檐上的一片瓦吹落下来。父母发现这个孩子非同一般，就准备让他在武功方面有所发展。

一晃十几个年头过去了。经过惠宗师傅的精心调教，到十七八岁时，秦英十八般武艺样样精通，武功已经达到炉火纯青的地步。师傅形容他：猛如虎，稳如山，轻如燕，快如箭。

惠宗师傅觉得秦英可以下山报仇了，临行前送他三件东西：一把宝剑、一副飞镖和一个铁弹子。

三

秦英辞别了师傅，踏上了复仇之路。

他乔装打扮回到老家，准备先去给死去的家人上坟。当得知一家人全被埋在一个大坑里，他心如刀绞、肝肠寸断，在那里哭了一天一夜，哭得是天昏地暗，诉得是感地动天。

秦英上完坟，打算先去义父那里。他打听一气没有结果，转念一想，大仇未报，恶人未除，不能连累义父。可他哪里知道，义父也因秦家受到牵连，张员外被囚禁后死在大牢里，一家人最后被拆得七零八散。

秦英只身一人去寻找刘渊。一天，他在集市吃罢午饭，看见附近一个地方有不少人围着什么看热闹，里面不时传来铜锣声和人们的喝彩声。秦英凑到近前一看，原来是玩猴戏的。一个老者敲着大锣，两个姑娘各拉着一只猴子在场子里玩耍。随着锣声,两只猴子表演得十分精彩。一番表演结束后,年龄稍大的那个姑娘手里端着一个盘子,笑盈盈地向围观者要赏钱。当来到一个长着络腮胡子的中年男子面前时,他不但不给钱,还一把捏着姑娘的下巴,左端右详,发出阵阵淫笑,嘴里不干不净地说道:"这个小女子,长得还怪俊呢。你要是陪大爷我睡上一觉,要多少银子,我给多少银子。"

姑娘羞得涨红了脸,挣脱一气也没挣脱掉。那个老者看姑娘遇到了麻烦,慌忙上来解围,络腮胡子一脚给他踢出很远。

这个络腮胡子是当地有名的恶霸,仗着自己有一身武艺,加之叔叔是朝廷命官,经常横行乡里,寻衅滋事,欺男霸女。那些看热闹的人没有一个敢上去劝说的,有的干脆跑得远远的。就在这时,秦英一个箭步跨了上去,厉声喝道:"住手!你真是欺人太甚!"

络腮胡子一看,面前站着一个少年,满脸的英气,说话口气很硬。他误认为是跟玩猴人一伙的,瞟了一眼后,根本不予理睬,继续耍他的淫威。秦英血从心中涌,气从胆边生,一把抓住络腮胡子的右手腕。只听"咔嚓"一声,络腮胡子的手腕子断了,疼得他在地上直打滚。众人看罢此景,无不拍手称快。这正是:"自古英雄出少年,遇见恶人不旁观,惩恶除霸显身手,大快人心齐称赞。"

络腮胡子不甘心认输,忍着剧烈疼痛从地上爬起来,对着秦英飞起一脚。这一脚,不偏不倚正踢在秦英肚子上,哪知道秦英站在那岿然不动。络腮胡子自知遇到高手,灰溜溜地跑了。

那玩猴戏的是父女三人,他们走南闯北、四海为家,靠的就是这个营生。今天遇到了贵人相救,父女三人感恩不尽,纷纷跪了下来磕头谢恩。

秦英告诉他们此地不可久留，以免络腮胡子再找他们的麻烦。秦英打算再护送他们一段路程。行走的路上，秦英从他们父女那里得知刘渊的住地。

这时的刘渊已告老还乡了，朝廷里由他的儿子刘靖把持着。刘渊回到家乡仍然奢侈无度，在那里精心建造刘府，招兵买马，专门为他看家护院——刘家父子干的缺德事太多，日夜都害怕有人来报复。

四

秦英带着这爷仨，紧走慢赶来到刘渊的老家。他们在那里住了下来，以玩猴做掩护，打探刘家的情况。正巧，赶上刘渊广招武士。

刘府以打擂的方式选招人才。据说，刘府中有一名武林高手，名字叫杨大力，谁要是能与杨大力过上三招，不仅会被刘府录用，还能领到赏钱。多数人，过不了两招就被他打趴下来，轻者皮开肉破，重者伤筋断骨。

打擂将近一个月了，被录用的人员寥寥无几。这一天，秦英与那爷仨来到擂台前看个究竟。当时围观的人很多，刘渊老贼正坐在观看台上，眯着眼睛四处张望。只见擂台上的杨大力一副不可一世的样子，在那里耀武扬威。半个多时辰过去了，没有一个敢上去的。按照规定，再过半个时辰，如果没有人上台的话，杨大力一天的任务就算完成了。

就在这时，有一个二十多岁的小伙子挤过人群，上了擂台。只见他长得虎背熊腰，动作十分干练，一看就知道是个习武之人。上台后，他双手抱拳行了个礼。

杨大力根本不把他放在眼里，上去就给他个下马威。小伙子反应灵敏，躲过了一招。杨大力感觉这小子有两下子，他想凭借自己的力气，来个先声夺人，就顺势抓住小伙子的两只胳膊，像老鹰抓小鸡一样，用力在原地转了两圈，猛一松手，把小伙子甩了出去。

哪知道小伙子落地后，稳稳地站在那里。小伙子开始发飙了，拳脚如雨点般向杨大力打来。杨大力左躲右闪毫发无伤。几个回合下来，小伙子有点招架不住了。

这时，杨大力使出泰山压顶的手段，双腕合击小伙子头部，小伙子被打得趴了下来。紧接着，杨大力来个黑虎掏心。正准备下手，只听"砰"的一声，一颗铁弹子打在杨大力手腕上，杨大力"哎哟"一声，疼得直甩手。

这颗铁弹子正是秦英打过来的。秦英一个鲤鱼打挺跃到台上，只见他杀气逼人，两眼冒着火光，上去就与杨大力打在一处。秦英招招紧逼，杨大力见招拆招。秦英如猛虎下山，杨大力就像大鹏展翅。一个如狂风骤雨，一个似惊涛骇浪。围观者看的是眼花缭乱，不断爆发出雨点般的掌声。

打了二十多个回合，杨大力知道遇到了高手，不敢怠慢，边打边防，渐渐地只有招架之功，没有还手之力了。

秦英越战越勇，心中的仇恨化作巨大的力量。他想尽快结果杨大力，然后去杀那老贼。于是，秦英来个乌龙翻腾，一个筋斗翻了过去，两腿夹住杨大力的脖子，用力一扭，杨大力的脖子顿时被扭到后背。秦英本想置他于死地，转念一想，冤有头债有主，杀他又有何用？就放了他一马。

但刘渊在观看台上看得傻了眼。他手捋着胡须，心想：真是太好了，这下又多个高手，说不定将来还能成为儿子的左膀右臂呢。正想着，秦英一个箭步冲到他近前，刘渊误认为是来领赏钱的，做梦也没想到这是仇人的儿子。

刘渊见秦英两眼通红，一脸杀气，倒吸了一口凉气。

秦英高声说道："老贼，你的死期到了！"

刘渊哆嗦了一下，定眼再看面前的这个少年，长得极像秦淮。不好，一定是那个漏网的小子！

没容他多想，秦英抓住老贼的两只脚颈，用力一拉，只听"咝"的一声，刘渊被撕成了两半，尸体被甩在擂台上。场子上一片大乱，人们纷纷议论，这个英雄少年闯大祸了，肯定难逃一劫。

五

被秦英救下的那个小伙子名叫狄杰,他的父亲也是被刘渊迫害致死的。这次来,名义上是应招打擂,实际上也是想寻机报仇,哪知道被杨大力打倒在地,要不是秦英相救,险些伤了性命。

狄杰领着秦英等人很快离开了这个地方。秦英虽然大仇已报,但刘渊的儿子刘靖还在朝中。秦英与狄杰商量,要去京城找刘靖算账,狄杰全力支持。就这样,一行几人边耍猴戏,边往京城去。

半年前,当朝皇帝驾鹤归西,太子即位。这时的朝廷已内忧外患,西边和北方均出现了叛乱。小皇帝年龄尚幼,朝中大权掌握在刘靖手里,一些老臣有的被排挤,有的被流放。刘靖一心想篡夺皇位,逼宫的事经常发生。小皇帝对刘家父子早有看法,无奈刘靖阴险狡诈,大权在握。想扳倒刘靖谈何容易?小皇帝只好忍气吞声做个傀儡皇帝。

秦英与狄杰想,除掉刘靖是早晚的事,关键是秦、狄两家的血海深仇,如果没有皇上出面,谁也无法翻案。到了京城后,狄杰通过关系找到小皇帝的恩师。在他的秘密运作下,秦英与小皇帝会了面。小皇帝把秦英留在身边当起了侍卫。

一天,刘靖又来逼宫,叫皇帝下令,倾全国之力缉拿杀害他父亲的凶手。小皇帝见时机已到,向秦英使了一个眼色。秦英领会了意思,仇人相见分外眼红,他"嗖"的一声抽出身上佩戴的宝剑,直接刺向刘靖。刘靖猝不及防,慌忙喊叫。刘靖的一群死党就在门外,他们个个都是武林高手,冲进去把刘靖护在中间往外走。秦英刺倒几个之后,怎么也无法杀进去。眼

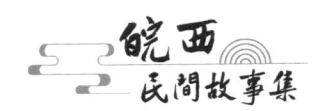

看着刘靖就要逃脱,秦英掏出身上的飞镖,"唰"的一声刺中刘靖喉咙。刘靖应声倒在地上,很快就一命呜呼了。

那些同党们见主子死了,个个无心恋战,边打边撤。秦英左杀右砍。就在这时,狄杰带着小皇帝的亲兵杀了过来。为首的一名大将十分了得,他骑着战马,手持方天画戟,上下翻腾,左右横扫。秦英叫狄杰保护好皇上,他与那大将合力起来,无人能敌。大战一个多时辰,刘靖的余党有的被杀死,有的被生擒。

除掉刘靖后,小皇帝昭告天下,为秦、狄两家和那些受迫害的大臣们平反昭雪。

小皇帝命秦英为扫西、平北的大将军,狄杰为副帅。不到一年时间,西部和北部叛乱全部被平息。秦英得胜还朝,继承先父的遗志,一心一意辅佐朝廷,后来屡建功勋,做了朝中的宰相。

秦英当了宰相后,专门去了少林寺拜见他的恩师。在皇帝的恩准下,少林寺得以重建。从此,少林寺名扬天下。

拐孩子黑蛋

黑蛋一家四代单传,黑蛋被格外娇惯。黑蛋虽然人很聪明,但由于从小被溺爱,养成了不干正事的坏习惯,经常搞一些恶作剧,甚至还搞出一些十分离奇的缺德事来,有人喊他"拐①孩子"黑蛋。

一

一天,一个货郎挑着两篓子鸡蛋下乡叫卖。黑蛋见到后,想出歪点子捉弄货郎。

他走到货郎跟前问:"喂!你这鸡蛋咋卖的?"

货郎看是个八九岁的孩子,没有理睬他,继续往前叫卖。

"喂!卖鸡蛋的,你没听见我叫你吗?"黑蛋吼了起来。

货郎说:"你真买呀?一文钱三个。一个两个可不卖。"

黑蛋说:"我全要了。"

货郎又问:"你一个小屁孩,买这么多鸡蛋干什么?"

黑蛋回答说:"你不知道吧,我娘坐月子要不少鸡蛋。父亲听到你的吆喝声,专门叫我先来把鸡蛋数好。"

货郎一听高兴啦,忙停下来数鸡蛋。

---

①拐:方言,特别顽皮、有点坏的意思。

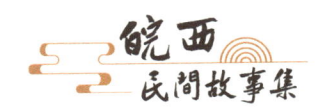

黑蛋说:"你看,天刚下过雨,地上都是稀泥巴,不如放在石磙上来数。"说着指指路旁一个竖起来的石磙。

货郎也觉得挺合适,就把鸡蛋挑到石磙旁边,边放边数。石磙快堆满了,鸡蛋还没数完。

黑蛋说:"你看这样行不行?你用两只手臂围着,我来给你数,你记住就行了。"

就这样,货郎半蹲在石磙旁,张开两臂围住鸡蛋。黑蛋一个一个地往里放。数完了鸡蛋,黑蛋跟货郎说,他去找父亲来结账。

货郎一等二等,也没见黑蛋回来。他双臂松也不敢松,放也不能放,时间长了,腰弯得又酸又疼。

正巧，黑蛋父亲路过这里，看到货郎一个人趴在石磙上面搂着鸡蛋，憋得满头是汗。他感到很奇怪，忙问："喂！老弟，你这是干啥？是在练功吗？"

　　货郎听到有人来，急切地说道："哪是练功呀。老大哥，快来帮帮忙。我算是叫那个鬼孩子给害苦了。"

　　黑蛋父亲慌忙帮货郎把鸡蛋重新捡到篮子里。当得知是一个八九岁男孩搞的，心里想一定是黑蛋搞的鬼，回去后再找他算账。

二

　　又一天，有个卖窑货的，挑着十多个烤火炉子在村里吆喝。黑蛋发现了，又想捉弄这个卖窑货的。

　　过去的烤火炉子是用黄泥烧制的，上面都有个提手。黑蛋跟卖窑货的说了一番，大概意思是：母亲要买火炉子改做成花盆。若能把上面的提手敲掉，这十几个炉子他全买了。还说，敲烂了不要，敲成了的给双倍价钱。

　　卖窑货的心想：自己挑着炉子叫卖了大半天，一个也没卖掉。火炉子改成花盆还真的挺合适，就按他说的去做。只要小心敲，敲成了还能卖个好价钱。

　　卖窑货的从路旁捡了块石头，小心翼翼地敲起来。不一会儿工夫，十几个炉子提手全被敲掉，地面上一片狼藉。黑蛋说回去找钱来结账。可一等也不来，二等也不来，卖窑货的知道上当了，一屁股坐在地上直叹气。

　　这时，黑蛋的父亲又路过此地，看到此景，不解地问道："喂！我说你这个人真是的。炉子卖不掉，也不能气得给砸喽。"

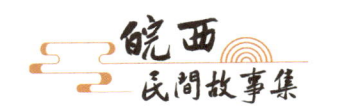

卖窑货的生气地说："唉！我真是笨蛋。一个大人叫小孩给糊弄住了。逮住了，我非剥了他的皮不可。"

黑蛋父亲了解来龙去脉后，估计又是自己儿子惹的事，忙从口袋里掏出几文钱安慰他："你也别去找他啦，估计也很难找到他。再说，炉子是你自己敲的，他不认账，你有什么办法？"

卖窑货的心想：是呀，是自己亲手敲的。找他算账，搞不好还落成人家的笑柄。自认倒霉吧。

这次黑蛋被父亲打得可不轻。黑蛋心想：你个老鬼，经常打我，我一定找个机会报复你。

三

这一天，黑蛋从集上买了一只烧鸡送给父亲吃。父亲很是高兴，心想：这回儿子真的变好了，有孝心啦。他边吃边想，心里美滋滋的。

他哪里知道，这是黑蛋在捉弄他呢。黑蛋买了烧鸡，又从药店里买点大黄粉拌进去。大黄粉是有名的泻肚子药。

黑蛋趁父亲吃烧鸡的时候跑了出去，找到大舅和二舅。黑蛋告诉他们，赶快去他家里，父亲要寻短见，一定要看好父亲，绝不能让父亲出门。父亲若是出去了，不是去投水就是去上吊。

大舅和二舅慌忙来到黑蛋家，看姐夫正要出门，二话不说，合伙拽住他，死活不让他出去。黑蛋父亲憋了一头汗，嘴讲不急①，拉了一裤裆屎。

---

①嘴讲不急：方言，时间很快的意思。

父亲弄清楚这是黑蛋捣的鬼，气得要命，大骂："这小狗日的，连老子都敢坑，真是无法无天！"他正准备找黑蛋算账呢，下庄子王瞎子找上门来了。瞎子一路骂到他家，说黑蛋不是个东西，要遭雷劈。

黑蛋父亲忙问瞎子究竟发生了什么，瞎子一五一十地说了出来。

原来，黑蛋上午买烧鸡回来时，担心买的药效果不大，就用舌头尖子舔了一点点，看有什么反应。过了一小会儿，他感到肚子难受，想解大便。这时，遇到下庄子王瞎子走过来了，只见他右手敲打着探路棍，左怀里搂个大南瓜。黑蛋上前假惺惺地要替他把南瓜拿回去。瞎子很感动，心想：都说黑蛋是个拐孩子，怎么突然一下子变好了？看来孩子真的长大了。瞎子走得慢，黑蛋跑到前面，用刀把南瓜挖了个洞，掏出里面的瓜瓤子，在南瓜里拉起了大便，然后用瓜皮给洞口盖好。这些情况，瞎子全然不知。瞎子中午准备烀南瓜呢，一刀下去，满锅台上都是大粪，屋里臭得难闻。瞎子气得嘴里不停地骂道："该死的！砍头的！太缺德了！"骂了一阵子仍不解气，于是就找上门来。

黑蛋父亲本来被气得够呛，这时气又不打一处来。他连忙向王瞎子赔不是。送走了瞎子，他正准备找黑蛋算账呢，哪知道，黑蛋鞋底抹油——溜了。

四

黑蛋跑到荒郊野外躲了起来。

这时候，天气突变，西南方向的天空乌云滚滚，雷声阵阵，要下暴雨了。农田里干活的人，纷纷跑到一旁的寺庙里躲

雨。黑蛋也跑了进来。一时三刻，大雨来了，闪电一道接着一道，炸雷一个接着一个，屋里的人惊慌地捂着耳朵。

交加的雷电丝毫没有减弱的势头。有经验的老农开始议论了："这雷打得太不正常，莫非是屋里的哪一个人做了缺德事，不然的话，雷怎么会一直在这跟前①打呢？"

于是，有人高声喊："谁个做亏心事了，赶快出来！不要连累大家。"

喊了一阵子也不见动静。雷还在继续打。又有人讲："雷公老爷呀，你能不能呈现个什么东西出来，不然我们怎么能知道是谁呢……"

话音刚落，院子里突然蹦出一个圆圆的黑色石头，形状像个鸭蛋。这时，人们联想到黑蛋也在屋里。雷是不是要打黑蛋呀？大家都知道黑蛋很疵很拐，但还不知道他上午捉弄父亲和瞎子的事情。

大家都嗷嗷叫喊黑蛋。可不管怎么喊也没喊到他，不知道他这时跑哪去了。

雷还在继续地打。看来不把黑蛋揪出来，雷公是不会走的。突然有人喊："黑蛋找到了。钻在这里！"

原来，黑蛋听到大人们议论，心也虚了。他趁人不注意，钻到佛像下面藏了起来。

两个年轻人扯着黑蛋的胳膊，给他拽了出来。一个老人对黑蛋大声吼道："黑蛋！还不赶快给雷公爷跪下求饶！"紧接着，又对外面喊道："雷公爷呀！你开开恩吧，黑蛋还是个孩子，就给他一次改过的机会吧。"说完，他带头跪在地上，向门外面磕头。其他人都跟着跪了下来磕头。黑蛋跪在地上，低

---

①跟前：方言，面前、旁边的意思。

着头，浑身直打哆嗦。

　　说来也怪，大家跪在地上替黑蛋求情的工夫，一小会儿，风也息了，雨也停了，雷声也走远了。

　　这次真是有惊无险。黑蛋知道是大伙儿救了他，再也不敢调皮捣蛋了。黑蛋变得越来越懂事，对父母特别孝顺，经常帮助邻里做一些好事。不过，每次遇到打雷天，黑蛋总是提心吊胆的，心里不断忏悔，一定要做个好人。

张大胆

过去,有个外号叫张大胆的神汉子,会点气功,懂点巫术。他经常给已故的人做法事,常年以此为生,练出了一副好胆量,吹嘘无论是什么样的鬼神,只要遇见他,都得退避三舍。

张大胆有一个表弟,喜欢捉弄人,不信他那一套,琢磨怎样想法子来收拾他。

一

深秋的一天晚上,下着蒙蒙细雨。表弟邀请张大胆到家里来吃晚饭,一顿饭吃到半夜。杯盏交错间,张大胆被表弟多灌了几杯,有点迷迷糊糊,准备回去。表弟趁他不注意,在他长衫后面系上一把鹅毛扇。

张大胆出了门,歪歪斜斜地走在路上。这时,天上起风了,身后的鹅毛扇开始飘起来,在后面呼呼作响。他回头看看,什么也没发现,继续往前走。他走得快,后面东西跟得快;他走得慢,后面东西跟得慢;他停下来,后面的东西也跟着停下来。

张大胆心想:莫非真有什么冤魂野鬼跟着他?张大胆越想心里越怕,头发开始往上竖,酒意顿时消了一大半。他用手理了理头发,吹着口哨给自己壮壮胆子,加快步伐,一鼓作气跑到家门口。

张大胆累得气喘吁吁,离家门口老远就高喊:"老婆,老婆,快把门开开,有鬼来撵我。"

老婆慌忙起床,点亮油灯,打开门一看,除了自己丈夫,后面什么也没发现。

张大胆连吓带累出了一身冷汗,一屁股瘫坐在椅子上。

这时,老婆发现他胯下悬着一把鹅毛扇,忙叫他站起来,生气地说:"哎呀,你这个死鬼,真把我吓了一大跳。谁故意在你后面绑了把鹅毛扇子?"

老婆费了好大劲儿,才把扇子拽掉。看到是把扇子,张大胆不知道是想气还是想笑,心里明白一定是表弟搞的鬼。

为了证明自己胆子大,他也没去找表弟的麻烦。

二

第一次没有给表兄吓住,表弟准备继续想法子来吓唬他。

一天晚上,月色朦胧,表弟知道张大胆又去给一户人家做法事。他把自家抗旱用的水车抬到路边竖了起来。

张大胆做完法事,揣着银钱,哼着小调往回走。走着走着,他隐隐约约看到路边有一个黑桩子,两米多高,还长着两只胳膊——那实际上是水车的两个拉杆。

张大胆有点纳闷:唉,傍晚路过这里时,没发现有什么东西呀。怎么现在突然出现这个东西呢?他又向前走了几步,快到近前,大喊一声:"谁?你是谁?在这里干什么?"

连问几遍没有应答。那家伙一动不动地立在那里。

此时,张大胆心里发毛,进退两难,走也不敢走,退也不

敢退。他想：所有妖魔鬼怪都怕"五符"打，何不用符来试一试？

符是巫医里常用的一种法宝，相当于现在人练的气功。五符就是五道符的意思，桃符、狗符、虎符、丝符、金符什么的。

他先给自己画了一道护身符，接着念了一段咒语，屏住呼吸，运足力气，两手向前一推。第一道符打了过去，那个黑桩子只是"吱、吱"响了两声。其实，这是气流打到水车辐子上发出的声音。张大胆接着又打出第二道、第三道，那家伙只是晃了两晃。当打出第四道虎符时，只听"呼啦"一声，水车辐子上的一个木销子被打脱了，水车斗"呼啦啦"全滑落下来。

张大胆吓得连退几步。他琢磨着：这家伙实在是太厉害了，从来都没有遇见过这种情况。身上的气力也消耗得差不多了。看来，今晚想走是走不掉啦。不是它死就是我活，就是死也要再拼上一把。想到这里，他用上最后一道杀手锏——金符，行还是不行就看自己的造化啦。张大胆口念咒语，运足力气，大吼一声："嗨——！"

那家伙"砰"的一声倒在地上。

张大胆也累倒在地，昏了过去。等到天亮，他渐渐苏醒过来，发现倒在他面前的原来是一架水车。

过后，表弟来这里抬水车，张大胆才知道又是他干的。这次，张大胆被吓得不轻，大病一场，很长时间没有出门。

三

过了一段时间，张大胆身体渐渐好了，又开始出门做法事。表弟想：这家伙胆子真够大的。看来不使用绝招，很难吓住他。

一天晚上，表弟了解到表嫂不在家。他摘了一个大葫芦，把葫芦掏空，再挖出七个眼，做成一个人的脸谱。他翻墙进去，把葫芦放在院子里的一个小板凳上，在葫芦里点燃一支蜡烛。

张大胆做完法事走到家门口,发现院子里有亮光,心想:老婆不是不在家吗?院子里怎么会有亮呢?

他打开院门后被吓了一跳:这是什么猫猴子①?没有多高,七个窟窿直冒亮?就像传说中的矮脚鬼。

张大胆揣摩半天,也不知道是个啥玩意。这肯定不是人,也不是什么兽,倒像个怪物。他想:"这家伙胆子比我还大,竟然跑到院子里来了。"不管是个啥,还是用他的五符来打。

第一道符打过去,那葫芦晃了一晃,七个窟窿里发出来的亮光忽闪忽闪的。紧接着,第二道符打过去,葫芦立不稳了,被气流撞到地上,直奔张大胆滚来。

"妈呀!"张大胆顿时魂不附体,也来不及用金符了,一屁股坐在地上,只等那家伙来吃他。

这时,葫芦里的蜡烛灭了,滚在离他不远的地方,黑洞洞的,一动不动。

张大胆不敢接近它。又过了一会儿,他感到没有多大事。有了前两次的经历,他分析可能又是表弟在捉弄自己。

他鼓足胆量慢慢站了起来,走到近前看个究竟。不看不生气,一看又气得要命。

张大胆本来身体还没完全恢复好,遭此一吓,又大病一场,元气大伤。从此,张大胆夜晚再不敢外出给人做法事了。

---

①猫猴子:方言,指怪物,多用来吓唬小孩子,有时也用来形容邋遢的小孩子。

狼心狗肺

一

大地主周钱贵外号叫周扒皮,单从这个外号就知道他是个什么德性的人。凡是在他家帮工的,干不到两年就跑了。都说他家的活太多太重,即使是农闲季节,伙计们天天也很少闲着。他对佃户的苛刻程度就更不要提了,遇到大的自然灾害,也不减租减息,大斗进小斗出更是他惯用的手段。当地百姓对他恨得牙根痒痒的。

一天,周扒皮躺在床上抽大烟,只见一只黄猫①蹿进屋里来。他随手把大烟杆甩了过去,正打在黄猫身上。只听"叽哇"一声,黄猫带着伤逃跑了。周扒皮知道黄猫进宅不是好兆头,担心黄猫再来,就安排人在宅子四周放了几个夹子。

果然,第三天真夹到了一只,还是一只年老的黄猫,胡子毛全白了。一大早,佃户王义路过周家竹园埂,发现黄猫被夹得非常痛苦,便用随身带的口袋,连夹子一起装进去拎了回去。

王义听人们说过,不要轻易得罪黄猫。黄猫又叫黄大仙,

---

①黄猫:方言,指黄鼠狼,又叫黄狼子、黄大仙。

很通人性，还知道感恩。谁要得罪它了，它非把你家闹得鸡犬不宁才罢休。到家后，王义轻轻地把黄猫从口袋里倒出来，然后又轻轻地把夹子去掉。黄猫知道有人要救它，就乖顺地配合。夹子松了，可黄猫却站不起来了——它的两只前腿已被夹断。王义慌忙替它包扎好，又蒸鸡蛋给它吃。就这样，黄猫在王义家养起伤来。

过了大半个月，黄猫可以行走了。临走时，它向王义点点头，坐在地上，像人一样，右爪握成拳，左爪变成掌，左爪把右爪包起来，给王义作个揖，摇一摇尾巴后跑了出去。

二

一天夜里，王义和他的老婆听到堂屋里有"叽叽哇哇"的声音，估计来了不少黄猫。老婆抱怨他，不应该救那只黄猫。这下可好，自己的家变成黄猫的窝了。

哪知道，他们第二天早上起来发现，桌子上堆了一些铜钱。王义分析一定是那只黄猫干的。接连不少天，都是这样。王义发财了，他用这些钱开始建房子和买地。

再说，周扒皮发现家里的铜钱接连被盗。可是，钱被盗了，现场没有任何蛛丝马迹，墙上没有贼洞，门上没有撬痕。他急得把钱埋起来，可是，即使埋得再隐蔽，结果还是被盗。周扒皮发现佃户王义不声不响地发迹了，又是盖房子又是买地的，心想：一定是这小狗日的偷的。就把王义告到了官府。

县太爷派人来办案，果然在王义家搜出了不少铜钱。人赃俱在，还敢抵赖？

王义死活不承认周家的钱是他偷的。于是，县太爷就开始动刑。王义实在是扛不住了，就把发生的事情一五一十地说了出来。王义为什么一开始没说呢？一方面，这钱确实不是他偷的；另一方面，就是说了，县太爷能相信吗？

果不其然。听了王义之词，县太爷认为他是故意撒谎抵赖。但转念一想：是呀，钱要是王义偷的，怎么现场没有任何蛛丝马迹呢？如果就这样结案，未免太草率了，说不定王义就成了被冤枉的人。他思来想去，有办法了：把那些铜钱拿过来，在鼻子上反复闻了几遍。这一闻，还真找到了答案，钱上确实有黄猫的臊味。再仔细闻闻，差一点吐了出来。

案情真相大白了，官府把王义放了回来。罪可以不治，但事情还得解决呀，最终这样处理：王义把钱退给了周家，花掉的部分打了一张欠条。

三

再说，被王义救下的是一只黄猫精。为答谢恩人，它带着一群黄猫到周扒皮家偷钱，把偷的钱连夜盘①到王义家。它本

---

①盘：方言，搬运。

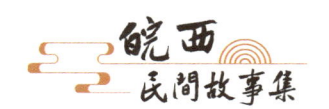

来是想报复仇人、答谢恩人的，没想到恩人却为此吃了官司，还遭受皮肉之苦。黄猫精把怨气都撒在周扒皮身上，开始对周家进行疯狂报复，周家喂的鸡、鸭、鹅一夜之间全部被咬死，锅里经常被放进石头，米里掺进砂子。这不算什么，它还在田里撒了很多碗渣子①，害得人和牛不能下田。周扒皮被搞得苦不堪言，便派人找刘半仙来破解。

刘半仙在当地是个有名的巫医，但他的道行远在黄猫精之下。这一天，他被请到周家，黄猫精便附在刘半仙的身上，它叫刘半仙说什么，刘半仙就得跟着说什么。周扒皮把刘半仙说的话简直当成了圣旨，言听计从，一切照办。

刘半仙说："解铃还须系铃人。要想得以安宁，你必须亲自去找王义，叫王义摆案烧香进行祷告。事成之后，王义欠你的钱必须一笔勾销。"

周扒皮虽然有些舍不得，但为了家中安宁，只得从了他。

周扒皮找王义，说明了来意。

王义心想：虽然自己受了不少罪，但冤家宜解不宜结呀。况且事成之后，原来欠的钱还可以勾销，何乐不为呢？王义按周扒皮说的，摆案烧香祷告起来。

这一祷告果然显灵，周扒皮家从此恢复了平静。

四

一年后，周扒皮的老婆得了重病，来了好几个郎中医治，都不见好转。周扒皮又找到了刘半仙。刘半仙跟他说，要想治好这个病，必须到深山老林里找一株千年生的灵芝草。周扒皮

---

①碗渣子：方言，碗、盆等陶瓷器的碎片。

为难了，别说千年生的，就是几年生的也难找呀！等找到了，老婆的命也早没有了。周扒皮便问刘半仙可有什么办法。刘半仙告诉他，办法只有一个，还是得求着王义，请王义跟黄猫精说，动员黄猫精的子孙们一起去找。不过，病治好之后，周家的那块八亩田要给王义，作为酬谢。

周扒皮一听，又有点舍不得，但反过来想，毕竟老婆给他生了几个孩子，对周家还是有贡献的，只好咬咬牙同意了。

王义又一次摆案烧香进行祈祷。第三天晚上，一株千年生的灵芝草果然出现在王义的桌子上。王义拿着这株灵芝，治好了周扒皮老婆的病，轻而易举地得到了八亩田。

五

周扒皮老婆的病虽然治好了，但周扒皮心里一直不平衡。他想：好一个王义，竟然让我损失那么多，豁免了欠债不说，还白白地送给他八亩田，不知道将来又会发生什么事情。他越想越气，越想越感到不安。他又一次找到刘半仙，让刘半仙帮忙出主意。

刘半仙跟他说，要想从根上解决问题，必须除掉那黄猫精。怎么个除法？单靠他们，连黄猫精的影子都找不到，只有通过王义才能办得到。条件是拿二十亩田换黄猫精的心和肺，然后把黄猫精的心和肺吃了，这样就能百毒不侵、长命百岁。周扒皮听罢，咬咬牙依了他。

王义听说周扒皮愿意拿二十亩田跟他换黄猫精的心和肺。这哪能同意？别说二十亩，就是二百亩，王义也不会做的呀。说了半天，王义死活不同意，周扒皮只好作罢。

哪知道，第二天早上，王义发现桌子上放着一颗血淋淋的

心和一副血淋淋的肺。王义惊呆了，随即嚎啕大哭起来，边哭边骂："周扒皮呀，你的心真是太毒了，帮你治好了你老婆的病，你却要了你恩人的命。你不得好死呀！呜——"王义哭得很是伤心。

周扒皮前一天与王义没有谈拢，仍不死心，打算加码再谈。他来到王义家，看到桌子上放的心和肺，又见王义哭得如泪人一般，心里一阵窃喜。他想：黄猫精已被王义给搞死了，将来不会再有事了，看来这回不用加码了，二十亩田也不用给他了。哈哈。

周扒皮假惺惺地安慰一番，转身就将那心肺拿走，回去煮来吃了，一连许多天也不提二十亩田的事。王义每天除了伤心，还是伤心。

六

再说，周扒皮吃了那心和肺之后，变得更加心狠手辣。一天，家中有一个长工身体不舒服，白天干了一天活，晚上还被叫去推磨。长工难以控制情绪，就跟周扒皮吵了起来，一失手把周扒皮打死了。

这还了得！周家立即报了官。县太爷派人缉拿凶手，现场围了不少人看热闹。正要把那长工带走呢，不知道刘半仙什么时候夹杂在人群里，他高喊："且慢！这个周钱贵是个狼心狗肺之人。他的心太黑、太毒了，死有余辜，不信把他的心和肺扒出来，让大家看看是不是这样。"

大伙听刘半仙这么一喊，都怔住了。老百姓都恨周扒皮，巴不得他早死呢。都说刘半仙能掐会算，老百姓便一致要求按刘半仙说的，把周扒皮的心和肺取出来看看。因为这是个命案，官府带的有仵作①，于是现场就把周扒皮的肚子剖开了，取出心和肺进行查看，果然是狼心和狗肺。

其实，前后发生的事情都是黄猫精有意搞的。周扒皮只要去找刘半仙，黄猫精就附在刘半仙身上。刘半仙按照黄猫精的意思去说，要周扒皮按黄猫精的要求去办。当周扒皮愿拿二十亩田跟王义换黄猫精的心和肺时，哪知道王义死活不同意。黄猫精便在半夜里送来一颗狼心和一副狗肺，充当是自己的。周扒皮见王义哭得那么伤心，就信以为真，认为黄猫精真的死了。周扒皮吃了那心和肺之后，果真有了狼心和狗肺。

现场验证后，官府办案的人当场宣布：长工无罪，周扒皮罪有应得。

---

①仵作：旧时官府检验命案死尸的人。

财主转世

一

从前,有个财主家有万贯家财。但是,他抠得要命,舍不得吃,舍不得穿,一文钱掰成八瓣子来花。比如,家里每天烧饭淘米之前,他都先到厨房里抓下两把米。

人们都在背地里说他:你个老不死的!看你死后,还能把钱带到土垃①里?

就在他刚过七十大寿不久,阎王爷派阴差把他抓走了。一路上,他大吵大闹,说自己死不瞑目,死得冤枉,因为他累了一辈子,苦了一辈子,还有好多钱没有花,白来到世上几十年。等见到阎王爷后,他要好好地诉一诉自己的苦衷。

见到了阎王爷,他哭得很伤心。

阎王爷问他:"为何这样?"

他说:"自己省了好多钱没有花,一天好日子都没有过。"

阎王爷一听,哈哈大笑起来,就跟他说:"你的阳寿已到,没吃着,没穿着,这怨不了别人,怨你自己。我给四十岁以上的人都下过通知,难道你没有收到通知吗?"

---

① 土垃:方言,指坟墓的意思。

财主抓耳挠腮,左思右想也不知道阎王爷有什么通知给过他。

阎王爷见他一时想不起来,就告诉他:"你在四十岁左右,头毛是不是开始变白了?"

财主听罢,点了点头。

阎王爷接着说:"那是我给你的第一道通知。你五十岁左右,眼睛是不是有点花了?那是我给你的第二道通知。你六十岁左右,牙齿是不是开始脱落了?那是我给你的第三道通知。你七十岁时,耳朵是不是开始聋了?那是我给你的第四道通知。本来还有第五道、第六道,可惜你的寿命只有这些。都通知你了,你还喊什么冤、叫什么屈呀?"

二

阎王爷一番话让财主终于明白过来。不过他仍不死心,天天缠着阎王爷,要阎王爷批准他再到人间多活几年。

古来一句话:"阎王爷也怕小鬼缠。"阎王爷被他磨急了,翻开他的人间经历簿,没发现他有什么劣迹,再查福、禄、寿、喜、财五个簿子,确实,禄和财他都没有享用多少,就同意他回到人间再活十年。

可是,财主的尸体已经腐烂。刚好有个叫花子死了,阎王爷就借叫花子的尸体,让财主转世人间。

这个叫花子也是刚刚来到财主的家乡,看上去年龄只有五十多岁,当时正值严冬,天寒地冻,连冻带饿的他,寿命就提前结束了。

财主灵魂进入了叫花子的躯体,回到阳间后,直接来到家里,一进门就要吃要喝。家里人见来个叫花子这般无理,想盛

一勺剩饭打发他离开。可这个叫花子胡言乱语起来，口口声声说他是这个家的主人，全家每个人的名字，他都叫得清清楚楚，并且直呼两个孙子的乳名。

大孙子脾气有些暴躁，一听这个叫花子喊他的乳名，还叫他大孙子，气得把他轰了出去，大门一闭，任他在门外大喊大叫。

到了晚上,那个叫花子仍然坐在门口的石墩上。小孙子开门一看,见叫花子蜷缩着身子,冻得直发抖。他偷偷地盛来一碗饭,又偷偷地拿来一床被子。叫花子感动得泪流满面。

第二天一早,大孙子起床后发现叫花子还在门口,不但没被冻死,还盖着家里的一床被子,于是连推带拽,像拖死狗一样把他拖到很远的地方。叫花子大骂,说他不孝,将来必遭报应。

三

财主无家可归。他想:跟阎王爷吵了那么久,怎么是这个结局?要知道是这样,倒不如继续做鬼呢。

他想到池塘边洗把脸,敲开冰面,池塘里的水照着他的脸面。呀!自己怎么会变成这个模样?蓬头垢面,衣衫褴褛,长相丑陋,难怪家里人不认他。看来,家是回不去了,想死也死不成。当然了,他不甘心去死。

忽然,他想到自己以前在自家竹园里亲手埋过十几坛银子。于是,一个月黑风高的夜里,他悄悄地把那些银子挖了出来。

有钱了,他不再是那个叫花子了。他来到离家二十多里的地方,买了一块地,建起了一座豪宅,宅子四周有山有水,俨然是一个上风上水①的大庄园。他要在那享受生活了。

俗话说:"有钱能使鬼推磨。"他专门雇了一些年轻的男女来侍候他,烧锅洗衣样样都有人做。本来,他还想娶一房老

---

①上风上水:上风之地是指风先吹到的地方,前面没有大树、山脉或者建筑阻挡。上水之地指的是地势较高的地方,水不容易淹到。上风上水之地就是指地势较高的开阔之地。

婆，但考虑只有十年阳寿，不能害了人家，而且有这么多的人天天围着他转，也不会觉得寂寞。

老财主不再吝啬了，每天逍遥自在，尽情享受着神仙般的生活。早上，吃了早餐后就开始品茶，躺在床上抽上等的大烟。下午，有时坐着轿子到一些地方转一转、看一看。晚上，隔三差五地请来戏班子，专门为他唱戏。他的生活品位提高了，特别是夏天喝茶很讲究，每天叫雇工们趁太阳未出，跑到荷塘里收集荷叶上的露珠，然后用做工精细的八罐子去煨那荷叶上的水，再用上好的龙井茶泡上。他用的茶碗也非常精致，青花瓷小碗，喝上一口，清香扑鼻；再喝一口，神清气爽；喝完之后，清心明目，脾胃大开。

四

十里八乡的都知道这个地方来了个叫花子，又突然变成了大财主。附近的人还经常来这里看戏，都说他没有田，没有地，就是有钱。

不久，消息传到财主的家里。一天，财主的大孙子和小孙子专门跑到这里看热闹。一看，竟是被老大赶走的那个叫花子。

兄弟两个心里犯起了疑惑。爷爷在世的时候是有名的抠门，家里有很多很多的钱，可谁也不知道钱藏在哪里。莫非这个人真的是死去的爷爷？是不是他把以前藏的钱给扒出来了？但爷爷已去世多年，且这个人无论年龄和长相，都不像是自己的爷爷。再回想两年前的情景，他口口声声说是这个家的主人，被赶出来还在骂老大不孝。兄弟两个百思不得其解。

老财主见两个孙子来了，虽然高兴，但对老大仍是气愤难消。他把小孙子留了下来,让佣人把大孙子搡走了。

他以前就特别喜爱小孙子,这次自己转世回家时,家里的所有人,只有这个小孙子对自己有同情心。亲情加感情,他决定好好地疼爱这个孙子。

老财主悄悄地告诉小孙子,自己确实是他的爷爷。还说,院子的西北角还有不少银子埋在那里,叫他一定不要跟家里任何人说,这是爷爷留给他的。还说,现在的这个豪宅,将来也是属于他的。小孙子高兴得不得了,一口一个爷爷地叫个不停。

就这样,小孙子经常来到爷爷家,不是嘘寒就是问暖,不是帮爷爷揉揉背,就是帮爷爷捏捏肩。临走时,老财主给钱又给物,爷孙俩的感情非常融洽。

五

一晃十年过去了。老财主临死前,专门找风水先生选了一块墓地。他跟小孙子说,自己死了要葬在那里。

小孙子得了那么多的银子,一下子成了暴发户。他买田置地,娶妻生子,成了当地有名的大财主。爷爷死的时候,小孙子全力操办,丧事办得很隆重。

大孙子见弟弟突然成了暴发户,心里十分清楚:一定是那个自称是他们爷爷的叫花子给他的。

有几次,大孙子想去找爷爷,但一想到爷爷当时被自己像拖死狗一样拖得很远,肯定不会接纳他,就打消了念头。他恨自己,更恨爷爷:爷爷你不该那样偏心,自己还是长孙呢。俗话说:"爷奶疼长孙,爹妈疼小儿。"你倒好,一分一毫都不给我。你这个老死鬼心真够狠的,看我怎么来让你好看。

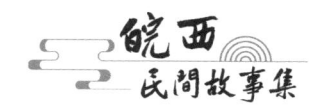

一天，大孙子找来一条死狗埋在叫花子的墓地里，心想：弟弟把你当爷爷，我把你当条老死狗。这还不够解气，又在坟头上撒了一些狗粪。

过了若干年后，兄弟俩的孩子中有两个做了官，老大的孩子做了个县令，老小的孩子做了个巡抚。做县令的那个，贪得无厌，搜刮民脂民膏，老百姓对他恨之入骨，背地里都骂他是贪官、狗官。县令最终受到查办，这是因为大孙子不孝，将死狗埋到坟地的结果——出了个狗官。做巡抚的那个，清正廉洁，爱民如子，深受老百姓的欢迎，最后去了京城做吏部尚书。

比阎王爷还狠的家伙

一

王小是一个既聪明又顽劣的孩子。父亲打也打过,骂也骂过,就是管不了他。

俗话说:"男服学堂女服嫁。"父亲琢磨来琢磨去,不如把他送到学堂里去,由先生来管教管教,兴许儿子性格能改一改。

王小进学堂时已经有十四五岁了。与他年龄相当的人,有的差不多都快娶亲了,可他还像一个放荡不羁的孩子头。

进了学堂,王小仍顽性不改。先生打也无用,教也无方,气得要让他退学。父亲急了,答应给先生再加些费用,并请先生来家里吃饭。

王小听说父亲要请先生吃饭,就对父亲说:"先生平时不喜欢走路,能不能用自家的小毛驴去接他?"

父亲觉得王小突然变得懂事了,很高兴,立马点头同意,叫儿子第二天牵着小毛驴去学堂,让先生骑着毛驴来家做客。

王小家住在一个水圩子里,圩子中间的路很窄,不到两米宽。他背着父亲把小毛驴牵到圩子外面的路上,开始训练起驴来。他站在小毛驴对面,先一个鞠躬,然后说:"先生好!"说

完了就用鞭子在小毛驴身上抽打。毛驴子疼得两只前蹄腾空，一个蹶子转身就跑。

王小这样反复训练好几次，毛驴子终于领悟了王小的意思，只要看见王小向它鞠躬，听到"先生好"，立马就跑。

二

第二天中午，王小放学先回到家，恭候先生到来。先生快到时，他站在圩子中间的路上等候。

先生骑着毛驴子晃晃悠悠地走过来。到了圩子路中间，王小主动迎上前去。

小毛驴见到王小又鞠躬又大喊"先生好"后，立马转身就跑。

小毛驴这么一跑，把先生一下子甩进圩子里。当时正值寒冬腊月，水寒刺骨，先生掉到圩子里，浑身上下湿了个透，冻得直打哆嗦。

王小假装惊慌失措，其实心里在偷着乐：好你个先生，平时打我不说，还要让我退学，今天非让你出个洋相看看！

先生上了岸，王小的父亲也出来了，一看他那个狼狈样子，忙问怎么回事。先生解释说，是毛驴子受惊把他撅下去的。

父亲感到很对不起先生，赶忙把他迎进屋里，抱些柴草烧火为先生取暖。衣服湿了要换干的，先生身材较胖，父亲翻箱倒柜也没有找到合身的棉衣，只好把王小母亲的旧花棉服拿来给先生穿。

先生一顿饭吃得很不自在。回去时，他再也不敢骑那毛驴了，穿着花袄子花裤子走在路上，男不像男女不像女的。大家都像看把戏一样笑话他。

王小回到学堂后,把这个趣事绘声绘色地讲给了同学们听。哪知道,事情最后传到先生耳朵里,先生死活不让他再留在学堂了。

父亲知道是儿子捣的鬼,气得浑身发抖。他想再去向先生求情,真的难以开口了,只好让王小辍学在家。

三

王小在家里像以往一样游手好闲,啥事也不干,还经常搞一些恶作剧。

父亲寻思着,这样下去也不是办法,不如娶个媳妇回来,让媳妇管教他。他找媒婆给儿子说亲。媒婆掂量来掂量去,最后替王小说了一个傻乎乎的女孩子。

那女孩子名叫大云,胖得像头猪,四肢发达,头脑简单。王家也只能找像她这样的人了,条件稍好点的,谁愿嫁给王小呢?

结婚之后,父亲就把他们分了出去。夫妻两个,一个好吃懒做,一个傻乎乎的,家里的日子可想而知,往往是吃了上顿无下顿,天天靠着借钱借粮过日子。时间久了,就没有人再愿意借给他们钱粮了。父母对他们也是不管不问,王小已到了山穷水尽的地步。

不过,大云特别听王小的话,他叫她干什么,她就干什么。

一天晚上,王小做了个奇怪的梦,梦见有个白发苍苍的老人,教他奇门遁甲方面的法术。好在他上过几天学,悟性不错,醒来后,还记得梦中的内容。

王小开始用这些法术，替人家办事情。张家的牛丢了来找他，李家的猪跑了来找他，王家的东西被偷了也来找他。你还别说，凡是来找他的，一算一个准。为了表达谢意，托他办事的人多多少少给他一点钱，王小就靠这个收入，勉强维持生活。

四

王小能掐会算的消息，传到大财主杨秃子的耳朵里。

杨秃子是个非常刻薄又非常贪婪的家伙，常年放高利贷。据说他坑了不少人，有几家借他高利贷的，因为还不上，不是被逼出人命，就是把女儿卖给他当家奴。杨秃子有好几房姨太太，个个都跟他一样贪得无厌。

一天，杨秃子的钱柜子被人撬开了，几百块银元不翼而飞，报官也没有查出什么结果来。杨秃子遂亲自来找王小算上一卦。

王小问清了被盗的时辰和地点，眯缝起眼睛，掐指一算，就跟杨秃子说："是你的三姨太和五姨太合伙干的。"

杨秃子开始还有点不信，回去后把两个姨太太吊起来审讯。一审，果然是家贼偷的。杨秃子对王小佩服得五体投地，专门上门答谢王小。

王小对杨秃子的为人早有耳闻，就想法子来治治他。这天，王小准备了一个猪尿泡，把鸡血灌进尿泡里，又准备了一个葫芦瓢，叫妻子大云如何如何来配合他。

杨秃子刚踏进王小的家门，就发现大云躺在地上双目紧闭，肚子还在流血，好像刚发生过什么事情，又见王小手里握着血淋淋的尖刀站在旁边，不用说，这肯定是王小捅的。杨秃子吓了一大跳,问王小究竟为何。

王小装着余怒未消的样子,对杨秃子说:"这个死婆娘该死,整天只知道吃,啥活都不干。我要好好地教训教训她!"

杨秃子说:"还教训个啥呀!人都快要死了,还不快去找个郎中来,看看有没有救。"

王小说:"找什么郎中啊?我叫她死,她就得死;我叫她活,她就可以活。不信?我马上就叫她活过来。"说着,王小装模作样起来,只见他放下尖刀,从内屋里找来一个葫芦瓢,放在老婆的头部连敲三下,大云"哼"了一声,真的活过来了。

杨秃子看得傻了眼,忙问王小,这葫芦瓢是个什么宝物?王小说,它是个起死回生的宝物。杨秃子试探性地问王小,这个宝物可否借他一用,他也要回去教训教训那两个内鬼,杀鸡给猴看,免得将来再有内鬼偷他的银子。

王小满口答应,他暗暗高兴,鱼上钩了。

五

杨秃子对王小的法术深信不疑。他拿着那个破葫芦瓢像拿着宝贝似的,回到家里,立马召集家人进行演示。他两句话没讲完,就蹿上去对着三姨太和五姨太各捅一刀,嘴里还说:"谁个将来再偷我的银子,这就是下场。"

两个姨太太疼得满地打滚,血流了一地。杨秃子像没事人一样,他认为有宝物在手,不用考虑后果。旁观的好多人被吓得尿了裤子。

过了一会儿,杨秃子开始用那宝物救人啦。他模仿着王小的做法,把葫芦瓢放在三姨太的头上连敲三下,三姨太一点动

静都没有；又放在五姨太头部敲三下，同样没有动静。杨秃子气得往两人身上踢了两脚，嘴里骂道："我叫你们装死！我叫你们装死！"

敲也敲了，踢也踢了，两个姨太太却没有一点反应。杨秃子这时懵了，慌忙叫人找郎中。等郎中来到，两个人身体已经僵硬了。

杨秃子带着一些人去找王小算账。王小死活不承认，他说根本没有这回事。

两个姨太太娘家来的人都觉得杨秃子说得太荒唐了，就是三岁小孩也不可能相信呀。明明是杨秃子杀的人，还去嫁祸人家，一定要把杨秃子送进官府。杨秃子自知罪责难逃，就畏罪自杀死了。

六

杨秃子到了阴曹地府，伙同那两个姨太太去阎王殿里告状。阎王爷派牛头马面前来捉拿王小。

王小感到这几天眼皮子跳得特别厉害，掐指一算，不好！牛头马面要来抓他。

这天，王小把家里的一条狗套在磨坊里拉磨，磨盘上摊了一些麦子。狗哪有力气拉磨呢？王小假装急得满头大汗。这时，牛头马面来了，上去就要抓他走。

王小苦苦哀求，答应等麦子磨完就跟他们走。

牛头马面看那条狗只蹲在原地叫唤，磨一动都不动，心想：这要磨到什么时候？就对王小说："这样吧，你把我套上，我来帮你磨。咱们抓紧时间，好去交差。"

王小心里窃喜，他把牛头马面套上后，一个劲地猛抽。牛头马面被打得皮开肉绽,连声求饶,麦子没有磨完就瘫在了地上。牛头马面再也不敢抓王小了,带着重伤,回去向阎王爷禀告。

阎王爷又派个瞎鬼来抓王小。

王小掐指算到后,就把大云的眼睛画成一个烂眼圈子,他在一旁假装帮她上药。

瞎鬼问王小:"喂!你看,我的眼睛能不能治好?"

王小瞅瞅,拍着胸脯说,包治包好。王小提醒说:"刚开始可能有点疼,一小会儿就好了。"王小弄来拌好的辣椒粉,一下子抹到瞎鬼的眼睛里。瞎鬼疼得嗷嗷叫,哪里还有力气去抓王小呢?他捂着眼睛拔腿就跑,生怕小命丢在这里。

阎王爷再派秃鬼来抓王小。

王小算到后,把妻子大云的头发剃光,再用面皮粘在她的头皮上,让她的光头看上去像是秃得一根毛发也没有。

秃鬼是个厉害鬼,来了就想下手。

王小说:"这个大哥行行好吧。我这一走,就剩下我老婆了。你看她头秃成这个样子,将来怎么好改嫁呢?等我把她的头发种齐后再跟你走,你就行行好吧!"

秃鬼觉得王小挺善良的,自己马上都没命了,还替老婆考虑,心就软了下来。这时,王小手里拿着小钻,往大云头上钻了一下,再拿几根头发种上。头毛捏进面皮里,掉落不下来,像真的种出来一样。

秃鬼想:何不借此机会把自己的秃头也整一整?就问王小:"你看,能不能帮我把头发也种上?"

王小说:"这对我来说,还不是小菜一碟吗?你等等,马上就可以种。"王小拿着钻头上去就钻,秃鬼顿时鲜血直流,大叫一声:"疼死我了!"跑得比兔子都快。

接着，阎王爷又派酒鬼、烟鬼、赌鬼、色鬼来抓王小，个个被王小整得够呛。他们都向阎王爷告状，说那王小如何如何厉害。

阎王爷决定亲自去抓王小。

七

王小自知无法逃脱，但他不甘心束手就擒。他提前买了头毛驴，把驴身上涂得花花绿绿的，最终把毛驴画成了"四不像"。

这天，阎王爷骑着千里马来抓王小。看见王小骑在那头花毛驴身上，悠闲自得地哼着小调，气得大喊："王小，你这个逆贼！这回看你往哪里跑？"

王小嘿嘿一笑道："阎王爷，我往哪跑都可以，只怕你追不上我。"

阎王爷问："为什么？"

王小说："我骑的可是万里蹦，蹦一下就是一万里。"

阎王爷听罢，心想：那些鬼们都说王小厉害，果然不假，就连他骑的什么兽都比我的马厉害。如果让他跑掉了，岂不成了笑话？

阎王爷对王小说："今天我们来换换骑，看看究竟谁的坐骑跑得快？"阎王爷心里想：有了这个万里蹦，任凭王小咋跑都能追上他。

王小鬼点子多。他说："要想换骑可以，衣服鞋帽都必须互换。"阎王爷点头同意。王小穿上阎王爷的行头，骑上千里马，一个响鞭，跑得无影无踪。

可怜那阎王爷骑着毛驴子，一天也走不了几十里。

八

王小骑着千里马来到阎王殿,这回他倒成阎王爷了。王小手拿令牌,招呼那些小鬼们,说是王小已被他捉住,到时候有仇的报仇,有冤的申冤。

几天后,阎王爷骑着毛驴子,穿着王小的破衣服,疲惫不堪地回到阎王殿。王小一声令下:"给我拿下!狠狠地打!"

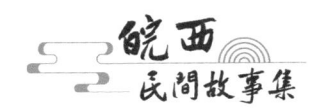

那些曾被王小伤害过的小鬼们蜂拥而上,拳头像雨点般落在阎王爷的身上。阎王爷高喊:"别打啦,我是阎王爷呀!"

阎王爷喊得越凶,小鬼们打得越凶。有个小鬼说:"打的就是你!你比阎王爷还要狠!"

王小觉得打得差不多了,不能真把阎王爷打死,不然事情就闹大了。他事先准备了一份免罪书,叫阎王爷在上面画押,这才放了他。

阎王爷丢尽颜面不说,还挨了一顿毒打,本来想把王小打入十八层地狱,叫他永远不得转世,可自己已在免罪书上画了押,只好吃个哑巴亏。阎王爷遂把王小投进洗心殿里,让他在那里闭门思过,百年之后才让他投胎转世。

图个吉利

过去农村,老人们过年都喜欢听一些吉利话,叫"讨口彩",就是讨个"好口气",希望来年有个好兆头,像恭喜发财、步步高升、吉祥如意、五谷丰登等。如果有人不小心说出不吉利的话,或是出现不吉利的事情,马上就会有人用吉利话打圆场。比如,不小心打碎了一只碗,马上就说"岁岁(碎碎)平安";家里的孩子要是讲了不吉利的话,大人们会跟着说"童言无忌"。

有一次过大年,有个老财主为了图个吉利,提前做了些准备。半个月前,老财主就分别给两个伙计重新起了名字,一个叫"发财",一个叫"高升"。同时,又安排人员在年二十九的晚上,悄悄地把一口棺材抬到过道上,代表着有官(棺)又有财(材)。到时候,若是有人把"官"和"财"这两个字讲出来,那就更好啦。按当地风俗,年饭的餐桌上要有猪腰子(肾)和猪赚头(舌头),意思是来年腰里有赚头、赚得满满的。有钱人家吃罢年饭,一家人都围在火笼旁烤炭火,准备的木炭既粗又长,粗炭与"舒坦"是谐音,也就是说舒坦的日子很长。所以,老财主也准备了一些较粗、较长的木炭。一切准备就绪,单等过年这一天到来。

说着说着,到了过大年这一天。老财主一大早起来,清了清嗓子,就在院子里大声喊两个伙计的名字,先喊:"发财!

发财!"连喊两遍没有人答应。这两个伙计平时都睡在后面的土楼子上,老财主猜想一定是伙计们睡着了没听见,于是,提高嗓门又大声喊道:"发财呢?赶快起来!"意思是快快发起财来。

老财主不知道那个叫发财的伙计走了。另一个叫高升的伙计听到老财主一直在喊"发财",估计找他有什么事,于是赶忙回答道:"老爷,发财他走啦。"

"发财到哪去啦?"老财主追问了一句。

高升回答:"发财一大早回他家里去了!"

老财主一听发财没打招呼就走了，还回到他家里去了，气得直哼哼。唉！算啦，算啦，发财走了，不是还有个高升吗。接着就喊："高升！高升！"

这个伙计知道老爷是在喊他，慌慌忙忙从楼上往下跑，边跑边答应："下来啦！下来啦！"

发财走掉了，高升下来了，一句好口气都没讨到，老财主气得直转悠。过了一会儿，老财主在过道上等着家里人，看家人路过这里见到棺材时，可否讲出"官"和"财"之类的吉祥话来。

恰巧，老财主的老婆从堂屋里走出来，一看到有口棺材放在过道里，大声问道："是哪个吃饱撑的，大新年的把'寿器'放在过道上？这不误人走路吗？"当地人把棺材又叫"寿器"。

老财主一听，这个老女人真不会说话，不把棺材叫官财，偏把棺材叫"寿器"。寿器和"受气"是谐音，这样不但当不了官、发不了财，还会受气。现在要不是过年，非扇她两个耳光不可。

老财主气得一屁股坐在院子里的椅子上抽闷烟。忽然，隐隐约约听到有人敲门。老财主问："谁？"

门外传来怯生生的声音："我。呵呵，宋豁子。"

老财主猛地一跺脚，大喝一声："滚蛋！"

宋豁子大名叫宋来福，是老财主家的长工，因嘴上有个豁子，人喊宋豁子。宋来福家里比较穷，老财主叫他过年当天的早晨来，赏给他点东西，讨个好口彩。没想到，竟然又生岔子。

晚上，到了吃年饭的时间，满桌菜都烧好、摆好了。老财主亲自点燃蜡烛，烧香放炮，接着到家中祠堂里给列祖列宗磕头，嘴里不停地祷告列祖列宗们保佑平安，然后招呼全家人开

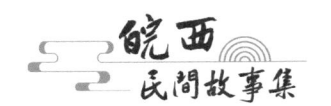

始吃年饭。

老财主坐在桌子上方正中间的位置。第一杯酒还没喝呢,他就开始说了:"过年啦!我们全家人都要先吃块赚头,预示着来年我们家就有赚头啦。"

大家都忙夹块赚头吃。十来岁的大孙子也夹了一块,左瞧瞧,右瞅瞅,忙问:"爷爷,这不是猪舌头吗?怎么叫赚头呢?"

老财主听孙子竟把"赚头"讲成了"舌头","舌头"等同"折(shé)本",很不吉利,遂瞪了孙子一眼。大儿媳妇忙说:"童言无忌,童言无忌。"

吃罢年饭,全家人围坐在一起烤炭火。大儿媳妇说:"哎呀,今年我们家烤的炭好粗呀!"

老财主一听高兴啦,心想,还是大儿媳妇会说话。这时,小儿媳妇接着话茬就说:"嗯。这炭粗是粗,就是不长。"不知道是谁把那长炭弄成了几截子,准备的长炭变成了短炭。小儿媳妇说的是实话。

老财主一听"粗炭(舒坦)不长",又犯了忌讳,心想:今年过年是咋的啦?我精心准备了一番,想图个好口气,讨个好口彩,怎么竟碰到这些不会说话的?

事也巧合,过了年,老财主当年运气很差,做什么都不顺当,喂猪猪死,养鸡鸡瘟,生意赔本,庄稼歉收,他自己又害了一场病。

来年过年,他再也不去精心准备什么了,还是顺其自然吧,只是在室内墙上贴点"童言无忌""百无禁忌"的红纸条。

还是会说话的好

明朝开国皇帝朱元璋，自幼父母双亡，家境贫寒，历经磨难，终成大器。有人用一句话总结他的人生："开局一个碗，结局坐江山。"

朱元璋很小的时候，就帮地主家放牛打短工，后来成了流浪汉。当时正值元朝末期，天下大乱，义军四起，朱元璋参加了起义军。他由于机智过人，打仗勇猛顽强，渐渐地得到头领们的赏识，后来成为一支义军的小头头。再后来，他成了联军的头领，势力不断扩大，最终平定天下，当上了皇帝。

朱元璋当了皇帝，治国有方，但手段也十分残忍。他有一个特点：既恋旧又厌旧。旧部凡是对他忠心耿耿、死心塌地跟随他的，都有高官厚禄；稍有点野心，或说话不注意的，后果都很惨。他毕竟是一个农民出身的皇帝，疑心重，特别怕丢失龙威。为此，还真出了不少闹剧。

与朱元璋一起长大的玩友们，不少人找到他，也都捞到一些好处，不是得个官做，就是带一些东西回去。但也有一些不知趣的玩友，自认为跟他从小关系很"铁"，见面之后，或直呼其名，或跟他称兄道弟。更有不知高低上下的人，直接把朱元璋的乳名喊了出来。这些人不但没捞到什么好处，反落个被鞭挞之灾，有的甚至做牢。

有一个玩友，外号叫朱老九。他很会说话，也懂规矩，就

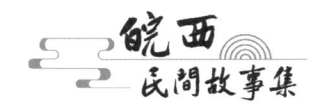

捞了个官做。

朱老九算起来还是朱元璋的远门弟兄。朱元璋老家在安徽的凤阳县，不知怎的，自从他当上皇帝后，老家经常出现饥荒。当时凤阳花鼓戏这样唱道："说凤阳，道凤阳，凤阳是个好地方。自从出了朱皇帝，十年倒有九年荒。"家乡闹灾荒，实在生活不下去了，朱老九便想到京城找昔日的玩友接济一点，但听说去的一些人，由于不懂规矩，吃了不少苦头。朱老九头脑很灵活，也有一定的胆量，他想：自己是不会像那些笨蛋一样待人处世的，与其在家饿死，不如找朱元璋碰碰运气。

朱老九一路乞讨来到京城。安顿下来之后，他忙着打听皇宫里的一些规矩。过了些天，他选了个黄道吉日去找朱元璋。好不容易才见到皇上，朱老九慌忙自报家门，说是从老家来的。

朱元璋哪里记得他是谁呀。心里想：莫非又像前几次那样，是一些自称从老家来的"愣头青"？既然都来了，不行就先跟他叙叙吧，说不定还真是个发小呢。这一叙不要紧，朱老九所谈的不少地方，都勾起了朱元璋对儿时的回忆。越叙越投机，越叙越有劲，朱元璋多次被逗得开怀大笑。

其中有一个故事令朱元璋特别开心。这个故事是这样的：

朱元璋和七八个玩友一起帮地主家锄地。中间歇活的时候，几个小伙伴用石块在地埂上垒个锅灶，把咸鹅汤和大豆子放在瓦罐里煮，农村叫"煨盐豆子"。快煨熟的时候，香味飘出很远。朱元璋和一帮小伙伴闻到香味，个个馋得要命，赶紧放下锄头，一齐围上来抢吃盐豆子。有一个小伙伴，一不小心把瓦罐给弄破了，汤泼了满地，煨熟的大豆也散落出来。孩子们不管它是干净还是不干净，拿着筷子扚①着抢着吃。那个场

---

①扚（dāo）：方言，用筷子夹。

景逗得在场的人开心极了。但是,朱老九没有这样平铺直叙地讲,而是用十分有趣的比喻,描述了当时的场面。

他说:"皇兄,你可记得当时我们七八个玩友在一起,手拿勾头枪(锄头),戳死草寇王(杂草),打破瓦岗寨(瓦罐),跑了汤元帅(咸鹅汤),捉住豆将军(大豆),拿下祝家庄(竹筷),一刀(切)撂一个、一刀(切)撂一个,杀得真痛快。"

这么一说,可把朱元璋乐坏了。他这天本来心情就好,又遇到小时的玩友,讲了那么多小时候有趣的故事,当即就把朱老九留下来,陪他叙旧。在聊天的过程中,朱元璋觉得老九不但会说话,而且话说得有一定的文采,没过几天就给他在京城里封了个官。

朱老九由于会说话,也会来事,最终成了朱元璋喜欢的皇亲国戚中的一员。

测字先生

一

从前,有一个测字先生非常有名,据说凡是来找他测字的,测字的结果基本上都得以应验。他测字的方法与众不同,不是单纯从字面上去推测,而是结合当时的场景先测出是个什么字,然后把字的意思给解析出来。

一天,有个村妇找他测字,看看他的丈夫何时能回来。丈夫三年前离家出走,至今杳无音信。村妇日思夜想,到处打听丈夫的下落,每天都在煎熬中度过。听别人说,最近集上来了个测字先生,测字非常灵验,她想去找那先生测一测。

那天天气比较热,村妇拿着一把旧折叠扇,除了用它扇一扇,还可以在路上遮遮太阳。到了集上,她找到了那个测字先生。

先生问她为何事而来。村妇就把寻找丈夫的事说了出来。

先生见她手里拿着一把折叠扇,有两根扇骨已破露在外,就说:"你的丈夫今天晚上两更天便可以到家。"

村妇满脸狐疑,以为先生是在跟她开玩笑。

先生看出了她的心思,就跟她解释道:"我是从你手中的扇子约摸出来的。俗话说:'穿衣见父,脱衣见夫。'扇骨裸露，代表你们要过夫妻生活。有两根扇骨露出，代表你丈夫夜里两更天到家。"

村妇听他这么一解释，感觉也有道理，半信半疑地回到家里，静静地等待丈夫回来。

二

果然，当夜的二更天，丈夫回来了。看把村妇高兴的，第二天一大早，急忙跑到集上准备答谢先生。她买了两斤猪肉，满面春风地来到测字先生那里。

先生见村妇喜欢得屁叽叽的①样子，就知道她的丈夫回来了。先生让她去屋里坐，村妇说还等着回去有事，就靠在门边跟先生说了几句话。这一靠不要紧，先生立即愁眉不展起来。他跟村妇说："不好，你丈夫这次回来，可能要休掉你。"

村妇一听，满脸笑容顿时消失了，急忙问先生："为什么？"

先生说："叫你到屋里坐，你却偏偏靠在门上。你想想，人靠在木的一边，不就是个'休'字吗？"

那村妇的心一下子凉了大半截，像霜打的叶子，一路上没精打采的。没想到，好不容易把这死鬼盼回来，结果却是这样。转过来又想，先生测字真的都是那么准吗？我不就是往门边靠了一下吗？就不相信他能测出丈夫要休我。

是真不是假。丈夫这次回来，就是专门休妻的。休妻的理由是怪她不生孩子。他回来时发现妻子十分热情，室内、室外收拾得干干净净，心又软了，打算过一段时间再提此事。

三

妻子从集上回来，垂头丧气的，不像之前那么高兴了。丈

---

①屁叽叽的，方言，高兴、喜形于色的样子。

夫问她是不是身体不舒服,妻子突然"呜——呜——"地哭了起来。在丈夫的再三追问下,妻子就把测字的事给说了出来。

丈夫听完,也是大感不解。真是神奇了,先生怎么会知道他的心事呢?他想去集上会一会那个测字先生。

男的来到集上,见已有两个人在那里测字,就坐在凳子上等候,一手捧着下巴,静静地听先生给别人讲解。轮到他时,先生问他为何事而来,他回答说:"我这次回来打算休妻,不知到什么时候休她为好?"

先生见他一手捧着下巴,并且手指头摸着两腮,就跟他说:"我劝你还是不休为好。你的妻子是个好人,她对你一心一意。你手捧下巴、摸着腮帮子,这个'腮'字不就是'月'字旁放个'思'字吗?你常年在外,她在家为你操了不少心,可以说她月月都在思念你,你应该双手捧着她才是。"

四

男的听罢羞愧难当,连忙从口袋里掏出钱来,准备付了钱之后赶快回去。钱是用手巾头子包的,手巾系成了死疙瘩。他解了一气没有解开,于是就用牙咬着去解。

这一咬被先生发现了,先生急忙说:"不要再解了,钱我也不要了。你赶快回去吧,你的妻子正在家里上吊呢。"

男的心想:我们俩没吵也没闹,妻子怎么会稀里糊涂地上吊呢?

先生接着说:"你口咬手巾头子,口子下面放个'巾'字,不就是个'吊'字吗?"

男的听罢恍然大悟,立马往家跑,推门一看,绳子已经套在了妻子的脖子上,妻子两腿悬空,凳子歪倒在地。他立刻上

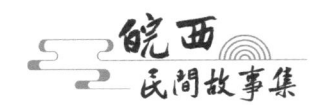

前托起妻子，解下绳子，将妻子平稳地放在地上。

原来村妇从集上回来，情绪非常低落。见丈夫没有怎么样认真地安慰她，敷衍几句就走了，特别是她给丈夫洗衣服时，发现口袋里还有一纸休书。她越想越不是滋味，自己没能给丈夫生下一男半女，一直感到很对不起他。丈夫外出这几年，她天天盼着丈夫回来，没想到回来不是为了团聚，而是要休掉她。她活着还有什么意思，干脆死了算了，于是找根绳子就上吊了。

好在丈夫回来得及时，妻子没有死成。从此，丈夫不提休妻的事了。

有意思的老磨

一

从前,有一个人外号叫老磨,因为他干什么事都磨磨唧唧、瞻前顾后、多愁善感。

有一天晚上,天气阴巴巴的,财主老王家里办喜事,请来戏班子演戏。方圆十几里地的村民闻讯后都赶来看戏,老磨也带着老婆孩子来看戏。戏的名字叫《唐王马踏淤泥河》。戏演得确实不错,高潮迭起。人们看得正起劲时,天开始下雨了。这时正是戏中的唐王遇难那一段:唐王单枪匹马向前逃跑,后有无数追兵,恰遇一河挡道。这条河是淤泥河,唐王的战马凌空腾起,想要跃过淤泥河,不想没有跃过去,只见马坠河中,越陷越深。后面追兵追至河岸,准备放箭射杀唐王。眼看着唐王命悬一线,人们正为唐王险象环生的命运提心吊胆时,雨下大了,戏演不成了,人们不得不离开戏场。

戏场子不远处有一个木制的牌坊,因年久失修而在风雨中摇晃。一些看戏的人从这里匆匆而过,老磨大声喊道:"注意啦!注意啦!牌坊马上要倒啦!"

话音刚落,牌坊就倒了下来。有一个人被砸中,满头是血,伤势很重,不一会儿就被其他人抬走了。

二

老磨回到家里后心事重重，焦虑得一夜未能合眼。

第二天，老磨精神就出现反常，嘴里开始不停地唠叨起来："唐王啊唐王，你最后可得救啦？被牌坊砸着的那个人，也不知道你姓甚名谁，可有危险？真是急死人啦。"

一连好几天，老磨饭不想吃，茶不想饮，身体日渐消瘦，眼一睁就开始唠叨。老婆被他唠叨得烦透了，便开始讲他。可是，怎么讲他，他都不听，对他发火也没用。

老磨日思夜想，病情逐渐加重，有一种快要死的感觉。他更焦虑的是：死了之后老婆怎么办？会不会改嫁？就是改嫁了，也不知道将来嫁给哪个？于是，他就问老婆："老婆啊老婆，我真要是死了，你准备嫁给谁呢？"

老婆本来就够烦的，被他莫名其妙地一问，就吼了他一句："想嫁谁就嫁谁。不行就嫁给老楚皮。"

这一吼，老磨的病情又加重了三分。老磨每天除了焦虑唐王的命运和被牌坊砸伤的那个人的安危外，现在又多了个老楚皮。他天天骂：该死的老楚皮，不要脸的老楚皮，你是谁？我还没死呢，你就来勾引我的老婆，你不得好死！呜……

他骂一阵子，哭一阵子，在床上躺一阵子，像着了魔一般。其实压根就没有老楚皮这个人，老婆只是随口说说而已。

三

一天，老磨的表弟来到他家。表弟知道表兄是个多愁善感、杞人忧天的人，听了表嫂的情况介绍后，就来到老磨床前,与他聊了起来。

表弟问:"表兄,听说那天晚上你也去看《唐王马踏淤泥河》这场戏了?戏演得真好,可惜你们只看了半截,天就下雨了,没有把戏看完。那场戏,越到后面越精彩。我是在另外一个地方把戏看完了的。"

老磨一听,表弟知道戏的结局,便一骨碌从床上坐了起来,急问:"那唐王最后可得救啦?"

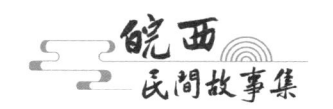

表弟马上就说："得救啦！是被一名白袍小将救走的。那白袍小将武艺高强，手持双锤，力大无比。他驾着'神鹰'，转眼时间就把唐王叼走了。后面追兵想放箭都没来得及。唐王脱险后，他的人马及时赶来救驾，最后杀了想谋害他的哥哥李建成，登基坐了天下。"

老磨一听唐王得救了，病情立马好了三分，激动地紧握表弟双手："太好了！太好了！我也揣摩唐王是个福星，不会有什么屌事①的。"

老磨接着又问："表弟，你可知道那天晚上牌坊倒了，被砸的那人姓什么？现在怎么样？"

表弟叹口气说："别提了，被砸的那个人叫老楚皮，早就月熊②了。"

老磨一听被牌坊砸的是老楚皮，人已经死了，高兴得从床上蹦了下来，惊呼："表弟呀，你今天来得太是时候啦！这些天，我都快愁死了。你表嫂也说不出什么结果来，只知道对我发火，还说什么等我死后，她要嫁给那个老楚皮。你今天要是不来，可能就见不到你哥了。"

---

①什么屌事：方言粗话，什么事情的意思。
②月熊：方言，算了、死了、毁了的意思。

假做局碰上热粘皮

以前，有个人喜欢卖嘴、做虚局。家里来了客人，从表面上看，他很热情、客气，实际上心里想着：快走吧，俺不想留你吃饭。时间久了，人们就给他起了这个外号——假做局。

一天，家里来了几个亲戚。到了中午，仍然是锅没动、瓢没响，来的几个人肚子饿得咕咕叫。他便对老婆说："还不赶快去烧饭吗？开水可烧啦？"

俗话说："不是一家人，不进一家门。"他的老婆跟他的劲头①也差不多，磨叽了好一会儿才去了厨房。

过了半个时辰，假做局提了一壶开水从厨房里出来，进了堂屋就说："哎呀！你们都饿了吧？俺家的死婆娘转身②慢得很，一壶水到现在才烧开。不知道今天怎么搞的，平时来客（水）滚③得快，今天来客一时也不滚。"

来的几个人知道他话中有话，是在撵他们滚，只好抬起屁股，悻悻地都走了。

一次新年正月里，几个姑表兄弟事先通好气：假做局平时屌悻悻的④就不讲了，新正月里，不管他如何撵人都不许走，

---

① 劲头：方言，性格、秉性。
② 转身：方言，行动、行事。
③ 滚：水烧开。
④ 屌悻悻的：方言，形容一个人吝啬、小气、不大方。

非要撮①他一顿不可。

如此，假做局看实在没有办法了，就叫老婆烧锅做饭。一共来了十五个人，中午吃饭的时候，汤汤水水地上了几个菜。

菜端上来了，这么多人围在一个方桌上，咋坐呢？只听假做局大声说："今天来的都不是外人，大家挤挤坐吧。年龄大的坐高头②，年龄小的随便坐。"

大家也不客气了，一条板凳挤了好几个。四方八大座，三方坐四个人，只有下方坐三人。

假做局说："上坐福禄寿喜财，八仙过海两边排，下坐桃园三结义，赵子龙掂③枪我也来。"

本来人多菜就少，他生怕自己吃亏了，拿着一只碗也坐了下来，并且还说人多吃饭热闹。大家为了吃他一顿饭，肋巴骨差点都被挤断了。

假做局彻底出名了。亲戚朋友都不到他家来了，大家有意无意躲着他，他也感到很没有面子。

一天，一个远房表弟来到他的家里。假做局见表弟来了，亲热得像没出五服④一样，一口一个"表弟"地喊："表弟呀！是什么风把你吹来啦？真是稀客呀！这回来，一定要在我家多住几天，我们兄弟俩好好叙一叙。"

假做局哪里知道，这个多年没见的表弟，也有一个"雅号"叫"热粘皮"，是个屁川子⑤。

热粘皮来的目的，就是不想走。表哥这么一说，正合他

---

①撮：吃。
②高头：上座。
③掂：拿。
④出五服：五服指高祖父、曾祖父、祖父、父亲、自身五代。出五服，指亲属关系超过五代，不再为之服丧。
⑤屁川子：方言，说话不算话、见人就哄骗者。

意，连忙答道:"表哥呀!我们兄弟俩很多年都没见面了。这会来我就不走了,好好陪陪你。"

假做局心想:也真有实在的。我只是说说而已,他真的不走了。这回可不害死我了!

就这样,热粘皮在假做局家过了很长时间。天天粗茶淡饭,别说吃肉了,连米饭都吃不饱。即便这样,热粘皮也没有任何走的意思。

一天早上,假做局在门对面的草山上扎一个草人,将一件破衫套在草人身上。他跟热粘皮说:"表弟,你快来看,对面的草山上是个什么东西?"

热粘皮手搭凉棚①向山上望去:"噢,表哥,那个东西好像是个人。"

假做局说:"应该不是人。要是人的话,他怎么不走呢?"

热粘皮心里明白:表哥这是明摆着想撵他走。就说:"那个人没有血,也没有一点肉,怎么能走呢?"

假做局明白了,他来这些天没有吃到肉,所以就没走。第二天,他专门跑到集上割了两斤老母猪肉回来,烧给热粘皮吃。心里想:这回吃了肉,还有什么理由赖着不走?

那天正逢下着小雨,吃罢午饭,热粘皮叹口气,跟假做局说:"唉!我本想吃了午饭就走的,偏偏下起了雨。这是天要留我呀。"

假做局想:坏了,肉都吃了,他还不想走。怎么办呢?于是,他就写了一幅字——"下雨天留客,天留,人不留",放在桌子上,故意让热粘皮去看。

热粘皮看到后,"嘿嘿"笑了一声,沉思片刻,就在那副

---

①手搭凉棚:指一个人在向远方眺望的时候把手搭在额头上的动作。

字上改了起来,也没改字,就动了一下标点符号:"下雨天,留客天,留人不?留!"

又过了几天,假做局叫老婆烧了两个菜,一盘子韭菜炒鸡蛋,一盘子大蒜炒菜苔。吃饭的时候,假做局一个劲地叫热粘皮吃菜。热粘皮说:"表哥的意思我明白,意思是我在你家蹲得久(韭)了,该滚蛋了?"

假做局苦笑一声,对他说:"算(蒜)你聪明,还知道有台(苔)阶下。"

热粘皮一听就不高兴啦,他趁势说:"表哥,就算(蒜)你拿轿子来抬(苔)我,我都不会走的。"

显摆学问的人

李有才,人如其名,确实有点才,不过是偏才。他识字不多,但脑瓜子灵活,喜爱转①点学问,显摆自己。

李有才小的时候,有一次家里给老太太做寿,父亲叫他写个寿书,他竟把老太太写成"老犬犬"。来祝寿的亲戚们有识字的,就说李有才骂自己的老太太。父亲知道后,气得要打他。李有才反应比较快,跟父亲说:"你不要打我,我那是替老太太着想。我想:老太太年龄大了,那一点在下面拉不动,所以,就把那一点放在她的肩膀头上扛着。"

在场的人听罢哄堂大笑,父亲也被搞得哭笑不得。

李有才长大后,每逢过年时,总爱变着法子来写自己家的对联,以显示他的聪明。

有一年过年,李有才在自家的大门上贴出这样一副对联:左联是"算一数二门户",右联是"惊天动地人家",横批是"先斩后奏"。

一天,县太爷坐着轿子下乡私访。走到李家门口,猛然发现这样一副对联,十分惊讶。他寻思:本县管辖的地方,什么时候冒出来这样一户人家?莫非是京城哪个大官,告老还乡住在这里?尤其是那个横批:先斩后奏。过去,只有包拯包丞相

---

①转(zhuǎi):转文。说话时不用口语,而用文言的字眼儿,以显示自己有学问。

才有皇上赐给他的这个权力。

他没敢多想,也没敢多问,慌忙打道回府,准备择日专程来拜访。过去小官遇见大官都要去朝拜,不然的话,怪罪下来不得了。

县太爷回府后,选了个黄道吉日,带着厚礼专程前来拜望。

显摆学问的人 建海 写

鳌天鳊地人家

第一数二门户

县太老爷大人突然造访，把李家搞得莫名其妙，李有才也担心是不是犯了什么事。但见县太老爷满面笑容，客客气气地带着礼物，李有才真是丈二的和尚——摸不着头脑。

县太爷进门后，左看看，右瞧瞧，也没有发现家里有什么特别之处。再看看户主李有才，长得土里土气的，不像有什么派头的样子。他带着试探性的口气问道："你们家里，哪一个在京城做大官呀？"

李有才慌忙答道："回大老爷的话，我们家没有一个在京城做大官的。"

县太爷心里嘀咕：乖乖！可能是搞错了。既然来了，还是把事情搞清楚才走吧。又问道："你们家没有在京城做官的，门上这副对联是怎么回事？"

李有才恍然大悟，原来县太爷是冲着这副对联来的，于是就跟县太爷说："哈哈，你问这个呀？这副对联，是我过年时贴着玩的。"

县太爷的脸立马沉了下来，训斥道："这是随便贴着玩的吗？你要是不说清楚，非把你送到大牢去不可！"

李有才一听，心里咯噔一下：狗子①。没想到贴个对联，竟惹出这么大的麻烦事来。于是，他战战兢兢地跟县太爷说："哎呀，大老爷，你有所不知。这副对联虽然是写着玩的，但也是根据我家的实情写的。我家弟兄三人，对联上每句话都代表着我们的营生。"

县太爷问："那'算一数二门户'代表着什么？"

李有才答："俺家老大是个账房先生，天天跟算盘打交道，不算一就说二，所以'算一数二'就是这样来的。"

---

①狗子：方言，坏了。

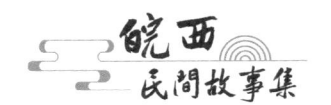

县太爷又问:"那'惊天动地人家'是怎么回事?"

李有才答:"俺老二是个擀鞭炮的,鞭炮质量好,放炮时特别响,'惊天动地'一点也不夸张呀。"

县太爷再问:"那'先斩后奏'呢?"

李有才答:"我本人是个杀猪的,猪圈里关的猪,我想杀哪条就杀哪条。先斩后奏的权力在我的手上。"

县太爷听罢哭笑不得。为了不失体面,他假装生气地说道:"我说你一个杀猪屠夫,还怪会转学问呢!赶快给我把对联撕下来重写,过几天我再来看。要不然,我非治你的罪不可。"

县太爷走后,李有才一屁股瘫坐在地上,既庆幸这一关总算过去了,又愁着这副对联怎么重写。当地有个风俗,过年贴的门对子,过了端午节才能撕掉。现在离端午节还早着呢。他最担心的是县太爷还要再来,如果不给换掉,说不定会摊上牢狱之灾。

想了好几天,终于有了主意。李有才想:之前的对联写的虽然是实情,但确实是张扬了一些。这回来个低调的,看他县太爷还有什么话可说。

半个月后,县太爷果然又来了,看到李家的对联真的换掉了。只见那左联是"二三四五",右联是"六七八九",横批是"缺一少十"。他琢磨了好一气,也没有弄明白究竟是什么意思。

这时,李有才被家里人从外面找了回来。他见县太爷捻着胡须,对着对联喃喃自语,就主动过去打招呼:"大老爷,你看这副对联应该没有问题吧?"

县太爷不置可否,问道:"我还从来没有见过这样的对联,光写几个数字,代表什么意思?"

李有才说:"回大老爷的话,横批上不是明摆着的吗?缺一(衣)少十(食)呀。上次确实是我的错,惹你生气了。这会儿,我干脆哭个穷。"

县太爷一听火冒三丈:"我说你个李有才,爱吊蛋①的是你,日山卖磨②、睁着眼睛说瞎话的也是你!之前,你写出那么一副对联,让人摸不着头脑,扰乱民心。现在,你又写出这么一副对联,纯粹是给本县太爷脸上抹黑。我问你,你到底安的是什么心?是不是活腻了?"

李有才没想到又惹了大麻烦,赶紧把对联撕了下来,又是磕头,又是作揖,好话说了一箩筐,赔了不少不是。

县太爷这才悻悻地说:"那我就大人不计小人过啦。以后给我老老实实过日子,不要没事瞎显摆,转文吊武③的找麻烦!"

---

①吊蛋:方言,调皮、喜欢与别人不一样。
②日山卖磨:方言,东拉西扯、胡编乱造、糊弄人的意思。
③转文吊武:方言,咬文嚼字、故弄玄虚的意思。

后 记

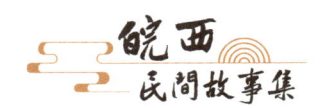

2017年1月25日,中共中央办公厅、国务院办公厅印发的《关于实施中华优秀传统文化传承发展工程的意见》指出:"随着我国经济社会深刻变革、对外开放日益扩大、互联网技术和新媒体快速发展,各种思想文化交流交融交锋更加频繁,迫切需要深化对中华优秀传统文化重要性的认识,进一步增强文化自觉和文化自信;迫切需要深入挖掘中华优秀传统文化价值内涵,进一步激发中华优秀传统文化的生机与活力;迫切需要加强政策支持,着力构建中华优秀传统文化传承发展体系。"民间故事是中华优秀传统文化的重要组成部分,是民间文化的精粹,把先辈们的故事讲下去,是时代赋予我们的责任和义务。

皖西叶集区是20世纪20年代鲁迅先生领导的"未名社"成员韦素园、李霁野、台静农、韦丛芜的故乡,2022年成功申报"中国文学之乡"。叶集文化氛围十分浓厚,民间故事有很多,很多民间故事都是通过口口相传、代代相传流传至今的。这些故事经历过一代又一代人的加工提炼,蕴含着人民群众对美好生活的向往和对真善美、假丑恶的认知。但是，随着时代的发展和文化传播方式的变化，这些民间故事面临着失传的风险。本书第一著作者张成民的父亲生前是民间讲故事的高手之一，张成民从小是听着父亲讲的故事长大的。退休之后，张成民收集整理了一些民间故事，为撰著《皖西民间故事集》提供了很好的素材。

　　叶集未名文化研究会成立之后，把抢救发掘地方文化作为重要任务来抓，与区政协文化文史和学习委员会合作，由张成民、胡应之、陈永睿组成编著小组，以张成民同志的故事文稿为基础，按照具有"趣味性、教育性、收藏性"的原则遴选修改40篇，李建海同志为每篇故事绘制插图1张，形成了这样的一本图文并茂、老少皆宜的《皖西民间故事集》。这40篇故事，包括和谐共生、诚信法治、仁德博爱、勤勉好学、忠贞不渝、智勇谋略、修身养性、讽喻明理等内容，情节跌宕起伏，引人入胜；语言朴实简洁，贴近生活，富有浓郁的乡土气息。《皖西民间故事集》融文学性、教育性、趣味性为一体，易学、易记、易传，是一本可读性强的读物，对讴歌崇德向善、见贤思齐等社会风尚，对传承孝悌忠信、礼义廉耻等荣辱观念，对弘扬自强不息、扶危济困等传统美德，具有重要的意义。

　　北京师范大学文学院教授、乡贤黄开发先生在百忙之中认真阅读了《皖西民间故事集》全书的文稿，并运用批注法提出了修改建议，同时提笔赐序；中书协理事、安徽书协副主席、著名书画家王亚洲先生为封面挥毫题写书名。皖西当代中学、六安市叶集区民泰公共交通有限公司、安徽管仲木业有限公

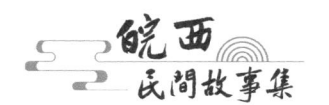

司、安徽恒坤木业有限公司、六安叶集中亚木业有限公司、安徽昶达木业有限公司、六安叶集金鑫商贸有限公司、安徽柱石建设工程有限公司给予了大力支持,各届朋友也运用不同的方式提出了宝贵的意见和建议。在此,一并表示衷心的感谢!

当然,由于水平所限,本书尚有不足,敬请读者朋友批评指正。

六安市叶集区未名文化研究会
政协六安市叶集区文化文史和学习委员会
2022 年 12 月